Alejandra Pizarnik
Poesía completa

夜的命名术
皮扎尼克诗合集

[阿根廷] 阿莱杭德娜·皮扎尼克 著
[阿根廷] 安娜·贝休 编
汪天艾 译

作家出版社

（京权）图字：01-2019-4959

图书在版编目（CIP）数据

夜的命名术：皮扎尼克诗合集 /（阿根廷）阿莱杭德娜·皮

扎尼克著；汪天艾译. -- 北京 ：作家出版社，2019. 11（2025.5 重印）

　　ISBN 978-7-5212-0698-2

　　Ⅰ．①夜…　Ⅱ．①阿…　②汪…　Ⅲ．①诗集 – 阿根廷

Ⅳ．①I783.25

中国版本图书馆 CIP 数据核字（2019）第 194620 号

POESÍA COMPLETA by Alejandra Pizarnik
Copyright © 2016 by Myriam Pizarnik
Compilation by Ana Becciu, first published in Spanish language by
Lumen, Spain.
Chinese (Simplified Characters) copyright © 2019
By The Writers Publishing House
Through SINICUS Literary Agency
ALL RIGHTS RESERVED.

夜的命名术：皮扎尼克诗合集

作　　者：［阿根廷］阿莱杭德娜·皮扎尼克
编　　者：［阿根廷］安娜·贝休
译　　者：汪天艾
责任编辑：赵　超
装帧设计：吴元瑛
出版发行：作家出版社有限公司
社　　址：北京农展馆南里10号　　　邮　　编：100125
电话传真：86-10-65067186（发行中心及邮购部）
　　　　　86-10-65004079（总编室）
E-mail:zuojia@zuojia.net.cn
http://www.zuojiachubanshe.com
印　　刷：北京中科印刷有限公司
成品尺寸：135×195
字　　数：186千
印　　张：9.75
版　　次：2019年11月第1版
印　　次：2025年 5 月第 8 次印刷
ISBN　978-7-5212-0698-2
定　　价：58.00元

我想在一切终结的时候，能够像一个真正的诗人那样说：我们不是懦夫，我们做完了所有能做的。

　　　　　　　　——阿莱杭德娜·皮扎尼克

阿莱杭德娜·皮扎尼克（Alejandra Pizarnik, 1936—1972）摄于家中书柜前

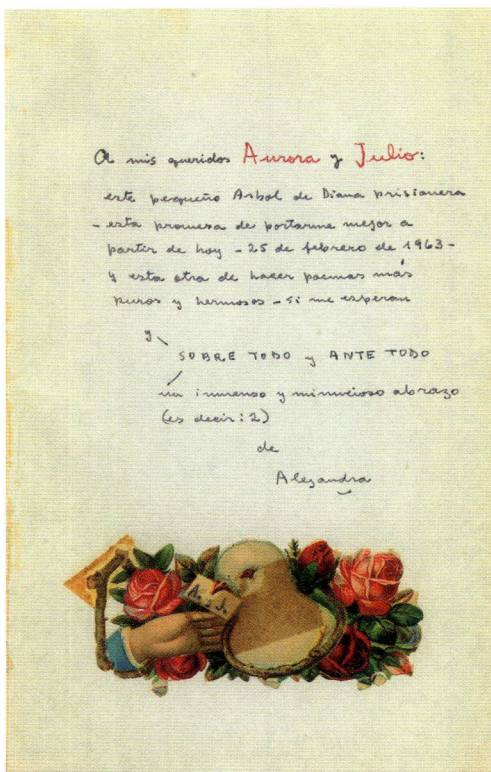

Al mis queridos *Aurora y Julio*:
este pequeño Arbol de Diana prisionera
- esta promesa de portarme mejor a
partir de hoy - 25 de febrero de 1963 -
y esta otra de hacer poemas más
puros y hermosos - si me esperan

y
SOBRE TODO y ANTE TODO
un inmenso y minucioso abrazo
(es decir: 2)
de
Alejandra

1963 年皮扎尼克在赠予科塔萨尔夫妇的《狄安娜之树》（现藏西班牙马德里胡安·马驰基金会科塔萨尔图书馆）扉页上所写献词：

　　"给我亲爱的奥萝拉和胡里奥：这本被囚的狄安娜之树——我保证从今天 1963 年 2 月 25 日起要好好的，还要写更纯净美好的诗，如果这些诗在等我的话。还有最重要的，来自阿莱杭德娜的一个巨大又详细的拥抱（也就是说：两个）"
　　*献词译文引自《诗人的迟缓（增订版）》（范晔／著，东方出版中心，2020 年 1 月），略有修改。

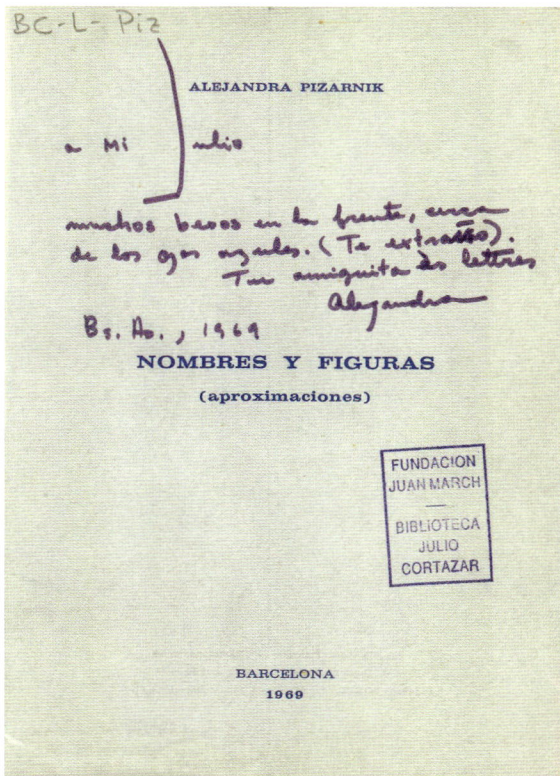

　　1969 年皮扎尼克自布宜诺斯艾利斯寄给科塔萨尔的《名字与音符》（现藏西班牙马德里胡安·马驰基金会科塔萨尔图书馆）扉页上所写献词：

　　　　"给我的胡里奥，附带很多个吻在额头，在蓝眼睛周围。（我想念你。）你的文字小友，阿莱杭德娜"
　　　　* 献词译文引自《诗人的迟缓（增订版）》（范晔／著，东方出版中心，2020 年 1 月）。

《取出疯石》为尼德兰画家博斯（Hieronymus Bosch, 1450–1516）的代表作，现藏西班牙马德里普拉多博物馆。皮扎尼克 1968 年出版的诗集取名自该画。

目 录

辑一　最后的天真（1956 年）

辑二　失败的冒险（1958 年）

辑三 狄安娜之树（1962年）

其他的诗 (1959 年)

辑四　工作与夜晚（1965 年）

一

二

5

三

6

辑五　取出疯石（1968 年）

一

（1966 年）

二

（1963 年）

三

（1962 年）

四

（1964 年）

辑六 音乐地狱（1971 年）

一、预感的音符

辑七　最后的诗（1970—1972 年）

附录一

附录二

译　序

如同一面可能之镜。一个幻象的坍塌
牵动了世界的粉碎
——马雁

而诗歌是你我
勉为其难的虎符
——包慧怡

　　她的书房里挂着一块占据半面墙的黑板。她喜欢
用雕塑家的工作机制写诗，垂直站立，胳膊与地面平
行，粉笔撞击在黑板上不停敲打细理入微，删除的尖
锐仿佛凿子划破材料表面。旷日持久的提炼、淬火、
打磨。书桌是绿色的，上方贴着阿尔托的句子："首
先，要有活下去的渴望。"对纸张、墨水、种种书写
工具的痴迷。小心翼翼对待每一样进入生活的物品和
它们独有的磁场。稀有的、可以打出不同字体的打字
机。天蓝色的墨水，小写字母的温柔。把卡夫卡的日
记当作圣经来读。长裤和松垮的大衣，几乎可以消失

在里面。

经年的缠斗，与静默，与深渊，与空无，与错乱。不停地读。闻起来像旧太阳，像斑痕累累的、坍塌的墙，各种颜色的词语从墙的裂缝里逃逸出来。日常缓慢的溺亡里唯一的救赎。不停地写。发疯的可能性有千百种，只要不再写作，就会发生。生的可能性只有一种，必须走出自己在一页白纸上徜徉。

悖论是，用词语建造的堡垒如何抵御词语的侵袭？当石块失控，当舌头割断，当词语背叛，诗歌不再是庇护她的宫殿，而是埋葬她的墓穴。这一次的流离无可挽回，剩下的只有坠落，无尽的坠落，触不到底的坠落。旧鬼重回的夜里，发光的恐惧终于停息，浓稠的沉默在血管里塞满棉花，听不见光的嚎叫。最后一通电话惊醒报社的夜班员，困惑地听她问："讣告资料库里皮扎尼克的那一张准备好了吗？"

"阿莱杭德娜！我要挖出一只眼睛，在洞里放进一首诗！"
"假如我死在这里，请把我埋进你的眼睛。"

降临之日，渴望已逾越她。

　　感谢陈思安让这本诗集的出版成为可能。感谢马雁和包慧怡的诗，感谢邱妙津的日记，没有她们，夜的另一边我无从抵达。

　　　　　　　　　　　　　　汪天艾
　　　　　　　　　　　　二〇一七年夏末，马德里

底本与编排说明

本书翻译自西班牙语原版《皮扎尼克诗全集》（Pizarnik，Alejandra. *Poesía Completa*. Barcelona：Lumen. 2014.）。

编排时，辑一至辑六收录了皮扎尼克生前以"阿莱杭德娜·皮扎尼克"署名结集出版的全部诗作，以其六本诗歌单行本为分辑之界。辑七从原书附录所列生前未结集出版的诗作中挑选了诗人生命最后三年的部分作品。附录为译者关于皮扎尼克生命与作品的散记旧作两篇。

因皮扎尼克去世前曾在与出版商的通信中数次明确表示不认可自己1955年在父亲资助下、以本名"芙罗拉·皮扎尼克"出版的少作《最远的土地》，并要求在选集中不收入其中的任何诗歌，本书遵从诗人本人意愿亦未收入此单行本。

最后的天真

(1956 年)

致莱昂·奥斯特罗夫 [1]

---

[1]　莱昂·奥斯特罗夫（León Ostrov）是皮扎尼克在阿根廷的
　　精神医师，她从十八岁开始接受奥斯特罗夫的精神分析和
　　治疗，去巴黎之后两人也始终保持通信。另可参见本书附
　　录一。——译者注，下同。

救　赎

岛的逃离
女孩重新攀爬风的阶梯
重新发掘先知鸟的死亡
此刻
她是被降服的火焰
此刻
她是肉体
　　是树叶
　　是石头
迷失于风暴的泉眼
像在文明之可怖中航行的人
涤荡夜的坠落
此刻
女孩找到来自无尽的面具
打破诗歌的墙。

什 么

夜晚你走吧
把手给我

沸腾天使的作品
白昼自杀

为什么？

夜晚你走吧
晚安

6

睁着眼睛的女人

生命在广场上玩耍
同我从来不是的她

而我在这里

思绪跳舞
在我微笑的绳索里

而人们都说这曾经发生，是的

一直发生
一直发生
我的心
打开窗

生命
我在这里

我的生命
我独自的冻僵的血液

在世上来回击打

可我想知道我活着
可我不想谈论
死亡
和它怪诞的手。

起　源

必须救出风
群鸟在那个孤单女人的头发里
焚毁风
她从自然归来
编织风暴
必须救出风

恋爱中的女人

这活着的阴郁狂热
这活着的诙谐隐秘
拖拽着你阿莱杭德娜不要否认。

今天你望着镜中的自己
它让你悲伤你独自一人
光在哮动风在唱歌
你的爱人没有回来

你将寄送信件你将微笑
你将挥动你的双手这样
你如此深爱的爱人就会回来

你听见疯癫的海妖抢劫
长着海沫络腮胡的大船
笑声死去的地方
你记起最后的拥抱
噢没什么痛苦的
埋在手帕里笑吧哈哈大哭吧
但要关上你面孔的门

让人过后不会说
那个恋爱中的女人是你

白昼噬咬你
夜晚归罪你
你感到生命多么多么疼痛
绝望着，你去哪里？
绝望着，仅此而已！

歌

时间有恐惧
恐惧有时间
恐惧

流过我的血液
拔走我最好的果实
焚毁我面目全非的城墙

所有毁灭的毁灭
只有毁灭

还有恐惧
许多恐惧
恐惧。

灰 烬

夜晚碎成星星
迷蒙地望着我
空气投掷恨意
用音乐
装点它的脸。

很快我们就要离开

晦涩的梦境
在我的微笑之前发生
世界显得消瘦
有挂锁却没有钥匙
有恐惧却没有眼泪

我要拿自己怎么办?

因为我所成为的都因为你

可是我没有明天

因为你……

夜晚受苦。

梦

回忆之岛终将炸裂
生命成为一出天真的戏
监牢
给没有返途的日子
明天
森林里的巨兽将摧毁
神秘玻璃上的海滩
明天
陌生的信将遇见灵魂的手

夜

什么，永远？在不停息的我与幸福之间！

                                    钱·德·奈瓦尔

也许今夜并非夜晚
应该是一个悚人的太阳，或者
另一个，或者任何东西……
我知道什么！缺少词语，
缺少天真，缺少诗歌
当血液哭泣哭泣！

今夜本可以幸福！
但凡让我触摸
影子，听见脚步，
对随便一个遛狗的人
说"晚安"，
望着月亮，谈论它
奇怪的乳白，随机
被石头绊倒，好像故意。

可是有什么撞破皮肤，

一种盲目的愤怒
在我的血管奔涌。
我要出去！灵魂的守冥犬：
放下，放我越过你的微笑！

今夜本可以幸福！
还有延后的梦境留下。
这么多书！这么多光！
我少得可怜的年岁！为什么不？
死亡远远的。它不看我。
这么久的生命，主啊！
为了什么，这么久的生命？

只 是

我已懂得真理

在我的欲望里炸裂

在我的失幸里
在我的失遇里
在我的失衡里
在我的失心里

我已懂得真理

现在
去找生命

守望黑暗

那没有忘记的时刻
被影子包围的空洞
被时钟拒绝的空洞
我用温柔收养那可怜的时刻
赤裸的赤裸的没有血液没有翅膀
没有眼睛记起旧时痛苦
没有嘴唇接住暴烈浆汁
遗失在结冻钟楼的歌鸣里。

灵魂的盲眼小女孩，保护好它
用你被火焰结霜的长发盖住它
拥抱它恐惧的小雕像
指给它看世界在你脚下共振
——燕群在你脚下死去
面对未来惊恐地发抖——
告诉它大海的叹息
打湿了唯独值得
为之活的词语。

可是那无来由汗透的时刻

蜷缩在命运的洞穴
没有手去说永不
没有手给死去的孩子
送上蝴蝶

最后的天真

离开
全身体全灵魂地
离开。

离开
摆脱目光
喉管里沉睡的
压迫的石头。

我必须离开
不再在阳光下迟散
不再有化乌的鲜血
不再结队成群去死。

我必须离开

那么冲击吧，女旅人！

哭石谣

致何塞芬娜·戈麦斯·艾拉祖莉丝

死亡死于笑声而生命
死于哭泣可是死亡
可是生命
可是什么都没有没有没有

总 是

致鲁文·维拉[①]

厌倦元音魔魅的轰鸣
厌倦用抬起的眼睛探察
厌倦等待过路的我
厌倦不曾发生的爱
厌倦我的脚只会行路
厌倦问题潜伏的出逃
厌倦睡着厌倦不能望着自己
厌倦张开嘴饮进风
厌倦承受相同的前夜
厌倦大海对我的痛苦无动于衷
厌倦上帝！厌倦上帝！
终于厌倦所有轮班的死亡
等待最年长的姐姐
另一个那伟大的死亡
容下这么多厌倦的甜蜜住所。

---

① 　鲁文·维拉（Rubén Vela）是阿根廷 1950 年代诗人群体代
　　表，在皮扎尼克十九岁时认识她并为她的诗集写过书评。
　　在早年的通信中皮扎尼克曾表示"我希望等我可以把我的
　　诗歌结集的时候，能够把它题献给你，作为我感激你巨大
　　支持的小见证"。1958 年她将单行本《失败的冒险》题献给
　　维拉。

致艾米莉·狄金森的诗

在夜的另一边[①]
她的名字等待她，
她暗祟的对生的渴望，
在夜的另一边！

空气中什么在哭，
声音设计黎明。

她想着永恒。

[①] 皮扎尼克从这本诗集开始用"阿莱杭德娜"取代本名"芙罗拉"创作和生活，在这一辑的倒数第二首诗中，她完成了从"芙罗拉"到"阿莱杭德娜"的跳跃，夜的另一边，她属于诗人的生命与人称诞生。

只是一个名字①

阿莱杭德娜阿莱杭德娜
    我在那下面
    阿莱杭德娜

---

① 延续上一首诗的主题，诗集的终结，皮扎尼克已做好准备
    只为诗歌而活，成为诗人并抛弃所有其他，从抛弃本来的
    名字开始。从此以后，皮扎尼克只在"阿莱杭德娜"这个
    属于她诗歌人称的名字下面活。

辑二

失败的冒险①
（1958 年）

①   皮扎尼克在书信中这样为本诗集
解题："失败的冒险是一个小女
孩寻找她秘密的名字，一个女孩
在爱的后面奔跑。要不是因为一
个词语阻挡她。所以你的冒险失
败了。我们还没开始已经失败。
只有那个词语。那个唯一的词语。"

致鲁文·维拉

跳下
黑岩，醉于死亡，
爱上风的炽烈女人。

——格·特拉克尔

笼 子

外面有太阳。
不过是个太阳
人们却望着它
然后歌唱。

我不了解太阳。
我知道天使的旋律
以及最后的风
炽热的布道。
我懂得尖叫直到破晓
当死亡赤裸地停在
我的影子上。

我在我的名字下面哭。
我在夜里挥动手帕
那些渴望现实的大船
同我跳舞。
我藏起钉子
嘲弄我病态的梦。

外面有太阳。
我穿着灰烬。

虚空里的庆典

像我眼睛里关着的没有翅膀的风
那是死亡的召唤。
只有一个天使会将我与太阳相连。
何处天使，
何处它的词语。

噢用葡萄酒钻开活着这个柔软的需求。

静止的舞

信使们在夜里传报我们没听见的消息。
在光的嗥叫下寻觅。
想中止戴手套的手
勒住天真的进程。

既然他们藏进我血液的房子，
我怎会不爬向我的爱人？
他在我的温柔背后死去。
我怎会不逃走
用尖刀逼迫自己
然后癫乱胡言？

每个时刻都用死亡织好。
我吞下怒火像一个愚笨的天使
被荆棘刺穿
阻止它记起天空的颜色。

不过，他们和我都知道
天空是死去童年的颜色。

时 间

致奥尔加·奥罗斯科[①]

我所知道的童年
只是一种发光的恐惧
一只手把我拖向
我的另一岸。

我的童年和它的香气
像一只被爱抚的鸟。

---

① 奥尔加·奥罗斯科（Olga Orozco）是阿根廷诗人，与皮扎
尼克是旧识。

风的女儿

她们来了。
入侵血液。
闻起来像羽毛，
像缺少，
像恸哭。
而你哺育恐惧
哺育孤独
像喂食两只
荒漠里迷失的小兽。

她们来了
来焚毁梦的时代。
你的一生是一句再见。
而你抱住你
像疯狂移动的蛇
只找到自己
因为没有别人。

你在你的恸哭下流泪，
你打开你欲望的棺木

你比夜晚更富足。

却造出太多孤独
连词语都自尽

唯一的伤口

什么野兽伤风倒下
席卷我的血液
想要自救?

难的是:
走在街上
指出天空或大地。

流 亡

致劳尔·古斯塔沃·阿吉雷[1]

这自知是天使的迷狂，
没有年龄，
没有死亡容我活着，
没有怜悯因我之名
或因我游荡着哭泣的骨头。

而谁没有一次爱？
而谁不在罂粟丛中享受？
而谁不拥有一团火，一场死亡，
一种恐惧，一点惊悚的东西？
就算长着羽毛
就算面带微笑。

爱一个影子是不祥的癫狂。
影子不会死。
而我的爱

---

[1] 劳尔·古斯塔沃·阿吉雷（Raúl Gustavo Aguirre）是阿根廷
诗人、翻译家、文学评论家。作为《布宜诺斯艾利斯诗歌》
杂志主编他出版了皮扎尼克最初的三本诗集，并将她介绍
进布宜诺斯艾利斯的诗人圈子。

只拥抱流动的东西
比如地狱的岩浆：
一排沉默的凉廊，
甜蜜勃起的鬼魂，
泡沫状的神父，
尤其是天使
美丽的天使尖刀一般
在夜里升起
摧毁希望。

看不见的艺术

你，唱我所有死亡的你。
向时间之梦
唱你所不信任之物的你，
给我描述虚无之家吧，
给我讲讲那些穿上灵柩的词语，
它们收容了我的天真。

凭我所有的死亡
我把我交给我的死亡，
用一小把童年，
用不曾走在阳光下的
所有狂醉的欲望，
没有一个词语提早发生
让我给死亡理由，
没有一个神里死亡没有表情。

坠 落

从未听过的音乐，
旧时庆典上的钟爱。
我将再也无法重新拥住
终结以后到来的东西吗？

但这种在祈求与嗥叫中旅行的
天真的需要。
我不知道。我只知道
长一百只石眼的脸孔
在寂静旁边哭泣
等待着我。

噙泪走遍的花园，
我曾亲吻的住民，
那时我的死亡尚未诞生。
神圣的风中
他们编织我的结局。

灰 烬

我们说出词语，
用来唤醒死人的词语，
用来造一团火的词语，
我们能坐在上面微笑的
词语。

我们创造了
鸟和大海的布道，
水的布道，
爱的布道。

我们跪下
敬拜延展的长句
像星辰的叹息，
句子像海浪，
句子像翅膀。

我们发明了新的名字
给葡萄酒给笑声，
给目光和它那些

恐怖的路。

此刻我只有我
——像发狂的杳薔女人
站在她的金山上——
把词语抛向天空，
可是我只有我
我不能告诉我的爱人
那些我为之活的词语。

蓝

繁花背后
我的手伴随音乐生长

但是现在
为什么我寻找你，夜晚，
为什么我和你的那些死人睡在一起

夜　晚

我几乎不懂夜晚
夜晚却像是懂我，
甚至帮我仿佛它爱我，
用它的星辰覆盖我的意识。

也许夜晚是生命太阳是死亡
也许夜晚是空无
所有关于它的猜想空无
所有经历它的存在空无。
多少世纪巨大的空洞里
也许词语是唯一的存在
用它们的记忆抓挠我的灵魂。

可夜晚应该是认识悲惨的
吮吸我们的血与想法的悲惨。
它应该向我们的仰望投来憎恶
知道那里面充满兴趣与不遇。

我却听见夜晚在我的骨缝里恸哭。
它稠浓的泪水发狂
尖声说有什么永远离开了。

总有一次我们将重新存在。

空 无

风死在我的伤口。
夜乞讨我的血。

恐 惧

在我一次次死亡的回声里
还有恐惧。
你知道恐惧吗?
我知道恐惧当我说出我的名字。
是恐惧,
在我的血液里藏老鼠的
戴黑帽子的恐惧,
或者用死去的嘴唇
喝我的欲望的恐惧。
是的。在我一次次死亡的回声里
还有恐惧。

起 源

对于我的童年
光太过浩大
可是谁会给我从未用过的回答？
某个词语为我挡风，
某个小真理让我坐下来
从此生活，
某个句子只属于我
让我每晚拥抱，
让我在它里面认出自己，
在它里面存在。

可是没有。我的童年
只懂得暴烈的风
在丧钟对我
宣报的时刻
把我扔进寒冷。

只有一段古老的旋律，
什么金色孩子，绿皮翅膀，
炽热的，智慧如大海，
从我的血液里颤抖，
更新我属于别的时代的疲惫。

只有那个决定：成为神直到置身恸哭。

夜晚坠落的光

斯芬克斯
把你的恸哭倒进我的胡言吧
在我的希望里生长开花
因为救赎所称颂的
是空无的喷涌

斯芬克斯
把你石质头发的平和
倒进我狂怒的血里吧

我不理解
最终极深渊的音乐
我不知道
爬山虎臂弯里的布道
但是我想成为钟情的鸟
让所有女孩倾倒
沉醉于神秘
我想要那只恋爱中的智者鸟
那唯一自由的

巡 礼

致伊丽莎白·阿兹科娜·克兰威尔[①]

我曾呼喊，像遭遇海难的幸福女人呼喊
行刑的海浪
它们知道死亡
真正的名字。

我呼喊过风，
对它吐露生的欲望。

可是一只死鸟
飞向绝望
音乐当中
女巫与花
切下海雾的手的时候。
一只叫作蓝的死鸟。

---

① 伊丽莎白·阿兹科娜·克兰威尔（Elizabeth Azcona Cranwell）
是阿根廷诗人、翻译家、文学评论家。她是迪兰·托马斯、
爱伦·坡的西班牙语译者。1950年代与皮扎尼克相识结为
好友，两人喜欢别人称她们为"小姐妹"。两人的友谊一直
延续到皮扎尼克去世。

不是长翅膀的孤独，
是女囚徒的沉默，
是鸟与风的哑口，
是世界被我的笑激怒
或者地狱的看守
撕碎我每一封信。

我呼喊过，呼喊过，
我朝向永无呼喊过。

缺 乏

我不懂鸟，
不认识火的历史。
但我想我的孤独应该有翅膀。

醒

致莱昂·奥斯特罗夫

主啊
笼子变回了鸟
飞了起来
而我的心发疯
因为它冲死亡嗥叫
在风的背后
笑我癫狂

我该拿恐惧怎么办
我该拿恐惧怎么办

光已不在我的微笑里跳舞
四季也不在我的想法里焚烧鸽子
我的手已被剥光
去了死亡教死人
活着的地方

主啊
空气惩罚我的存在
空气背后有巨兽

饮我血

是灾难
是非空之空的时刻
是给嘴唇加上插销的瞬间
听见受审的人纷纷尖叫
看见我的每个名字
都绞死于空无

主啊
我二十岁
我的眼睛也二十岁
它们却什么都不说

主啊
我在一瞬间完成我的生命
最后的天真爆裂
现在是永无或从不
或仅仅是曾经

我怎么没对着一面镜子自杀？
消失再从海里重现
那里有一艘大船
亮着灯等我

我怎么没剖出血管

做成阶梯

逃往夜的另一边？

开端已曝光结局

一切将不变地继续

用旧的微笑

感兴趣的兴趣

一块接一块石头的问题

修补爱的种种手势

一切将不变地继续

可我的手臂非要拥抱世界

它们还没看到

一切都太迟了

主啊

把我血里的灵柩都扔掉吧

我记得我的童年

那时我是个老人^①

花死在我手中

因为喜悦的野舞

---

①   1959 年皮扎尼克在日记中写道："我二十二岁了。我一无所知。我不知道那些我本该多年前就学会的东西。同时，我却知道那些应该多年以后才懂得的。就这样我觉得我同时是一个老人和一个孩子。"

摧毁了它们的心

我记得那些有太阳的黑色早晨
那时我是个孩子
也就是昨天
也就是许多世纪以前

主啊
笼子变回了鸟
吞下了我的希望

主啊
笼子变回了鸟
我该拿恐惧怎么办

比远更远

那么，如果我们
一个接一个微笑地提前
直到最后的希望，怎样？

然后怎样？
然后给我什么？
已经丢失名字的我，
遥远时代，那个名字曾经是我
甜美的质地，那时我不是我
只是被自己的血欺骗的小女孩。

为了什么？为了什么
这样拆开我，放干血，
拔掉羽毛，绊倒我？
我的现实
像被一杆机关枪推着后退
它突然开始狂奔，
却一样被追上，
摔在我脚下像一只死鸟。
我本想谈论生命。

那么这就是生命，
这嗥叫，这指甲钉进
胸腔，这一把一把
拔掉头发，这刻进
自己的眼睛，只是为了说，
只是为了看看是否能说：
"是我吗？真的是吗？
我不真的存在吗？
我不是一头母兽的噩梦吗？"

双手裹满淤泥
我们捶击爱的大门。
意识蒙上
脏而美丽的面纱
我们祈求上帝。
太阳穴爆裂
因为愚蠢的狂妄
我们抓住生命的腰
从侧面踢踩死亡。

这就是我们所做。
我们一个接一个微笑地提前
直到最后的希望。

缺 席

一

血想坐下来。
它的爱的理智已被夺走。
赤裸的缺席。
我狂乱，我褪光羽毛。
世界会说什么，
假如当初神这样把它遗弃？

二

没有你
太阳坠落像一个被遗弃的死人。

没有你
我在我的怀抱里转身
带着自己走向生命
去乞讨热切。

从此岸

我是纯粹的
因为把我紧闭在它
凡尘之黑里的夜
逃走了。

　　　　　　　　　　威·布莱克

哪怕爱人
还在我的血里闪光
像一颗躁乱的星，
我从我的尸体上起身
留心不踩到我死去的微笑
去和太阳相遇。

从缅怀的此岸
一切都是天使。
音乐是风的朋友
风是花的朋友
花是雨的朋友
雨是死亡的朋友。

辑三

狄安娜之树
(1962 年)

1

我已完成从我到黎明的一跃。
我已留下我的身体在光的旁边
我已唱完所诞生之物的悲伤。

2

以下是提议给我们的版本：
一个洞，一堵颤抖的墙……

3

只有渴
沉默
没有任何相遇

当心我，我的爱
当心沙漠里安静的女人
捧着空杯子的女旅人
和她的影子的影

4

现在好了：谁将不再深埋他的手为被遗忘的小女孩寻找贡金。寒冷会偿付。风会偿付。雨会偿付。雷声会偿付。

致奥萝拉和胡里奥·科塔萨尔[1]

5

短暂存活的一分钟里
唯一睁着眼的女人
在一分钟里看见
脑海里小朵的花
跳着舞像哑巴嘴里的词语

6

她在她记忆的天堂里
赤裸身体
她不识她的幻觉

---

[1] 皮扎尼克在旅居巴黎期间与科塔萨尔及他当时的妻子奥萝拉建立了深厚的友情。科塔萨尔的《跳房子》正是由皮扎尼克从手稿录入打字机的。在科塔萨尔的藏书中存有皮扎尼克陆续题赠给夫妇二人的诗集数本。另可参见本书附录二。

残暴的命运
她恐惧不懂得命名
不存在之物

7

穿燃烧的衬衫跳
从星星到星星。
影子一个接一个。
爱着风的她
死于遥远的死亡。

8

点亮的记忆，我等的人的影子
在长廊里徘徊。
他不真的会来。他不真的
不会来。

9

这些暗夜里发光的骨头，
这些像珍稀石头的词语
在一只石化的鸟活着的喉管里，
这深爱的绿，
这灼热的丁香紫，

这唯独神秘的心。

10

一阵脆弱的风
鼓满对折的脸
我剪出我爱的物品的样子

11

现在
　这个天真的时刻
我和曾经的我坐在
我目光的入口

12

丝制的小女孩不再做甜美的变形
此刻她在迷雾的飞檐上梦游

她的手醒来呼吸着
迎风绽放的花

13

用这个世界的词语解释

这个世界从我发出一艘船带走我

14

我没说的那首诗，
我值不上的那首。
害怕一分为二
通往镜子的路：
有人睡我体内
食我饮我。

15

怪异的是不再习惯
我出生的时刻。
怪异的是不再做
新到的人的工作。

16

你已建成你的家
你已给你的鸟群插上羽毛
你已击打风
用你自己的骨头

你已独自完成

没人开始过的工作。

17

　　那些我被一个遥远的词语支配的日子。我梦游着透明地走过那些日子。美丽的机器人唱歌，她很享受，她讲述事例和事情：严苛的线条织成巢，我在里面跳舞，在我的无数葬礼上哭泣。（她是她点燃的镜子，是她冰冷篝火堆里的等待，她的神秘元素，她的名字之间的私通在苍白的夜里孤独生长。）

18

像一首诗透彻了
万物的沉默
你说话为了不看见我

19

等看见
在我纹上的眼睛里的眼睛①

---

①　典出圣十架若望的诗句"我画在体内的眼睛"。

20

说她不懂恐惧爱的死亡
说她恐惧爱的死亡
说爱是死亡是恐惧
说死亡是恐惧是爱
说她不懂

致劳拉·巴塔隆

21

我已出生这么久
在此处和彼处的记忆里
双倍受苦

22

夜里

一面镜子给那个死去的小女孩

一面灰烬镜子

23

排水沟里的目光
可以是世界的一场幻觉

反叛是望着一朵玫瑰
直到眼睛粉碎

24

（一幅沃尔斯的画）

这些线条囚禁影子
迫使它们开出沉默的账单
这些线条用目光捆住啜泣

25

（戈雅展）

夜里的一个孔洞
突然被天使入侵

26

（一幅克利的画）

当黑夜的宫殿
点亮它的美丽
　　　　　我们拉开所有镜子
直到我们的面孔像神像一样唱歌

27

黎明对花的一击
抛下我迷醉于虚无和丁香色的光
迷醉于不动与确定

28

你远离那些名字
纺起万物之沉默的名字

29

　　在这里我们一只手放在喉管上活。没有什么是可
能的，那些发明雨并用缺席之雷暴编织词语的人已经

知道。所以他们的祷词里有爱上雾的手的声音。

致安德烈·皮埃尔·德·曼蒂阿戈斯①

30

寓言里的冬天
雨中翅膀的悲歌
水的记忆里雾的手指

31

　　闭上眼睛发誓不睁开。至于外面，用时钟和狡猾中诞生的花喂食自己。可是我们闭着眼睛在确实过于巨大的苦难里推动镜子直到被遗忘的词语神奇地响起。

32

疫区里睡着的女人缓慢地
　　　　　　吃
她午夜的心

---

① 安德烈·皮埃尔·德·曼蒂阿戈斯（André Pieyre de Man-
　diargues）是法国小说家，皮扎尼克旅法期间与包括他在内
　的超现实主义流派作家相识。

33

总有一次
　　　也许总有一次
我将毫不停留地离开
　　　我将像离开的人那样离开

　　　　　　　　　　　致埃斯特尔·辛格

34

小小的女旅人
解释着她的死亡死去

怀旧的动物智者
拜访她炙热的身体

35

　　生命，我的生命，任你自己坠落吧，任你自己疼痛吧，我的生命，任你自己连上火焰，连上纯正的沉默，连上夜的房子里的绿石头，任你自己坠落吧疼痛吧，我的生命。

36

时间的笼子里
睡着的女人望向她孤单的眼睛

风带给她
树叶微弱的回答

致阿兰·格拉斯

37

任何禁区的彼岸
都有一面镜子照出我们透明的悲伤

38

这首忏悔的歌，我的诗背后的瞭望塔：

这首歌拆穿我的谎，塞住我的嘴。

其他的诗①
（1959 年）

---

① 这一组诗 1959 年 12 月发表于杂
志《诗 = 诗歌》中，后经修改，
以"其他的诗"为名收入单行本《狄
安娜之树》作为最后一部分。

*^①

沉默
我与沉默相结
我已与沉默相结
我任我做
我任我饮
我任我说

① ＊表明此诗为无题诗，后同。——编者注。

*

影子背后遭遇海难的人
抱住那个用她血里的沉默
自杀的女人

夜晚喝着酒
在迷雾的骨头中间裸舞

*

动物被扔向它最遥远的印迹
女孩裸体坐在遗忘里
她破碎的头颅哭着游荡
寻找一个最纯粹的身体

*

然后
等它们死了
我会跳舞
迷失于酒的光线
和午夜的情人

*

长着黑鸟心脏的女旅人
午夜的孤独是你
住在你梦中的动物智者是你的
——它们等待那个古老的词语——
爱和它在破碎风中的声响是你的

卡罗琳·德·龚德罗得[①]

我怀缅地游荡于
无尽

卡·德·龚

爱上风的女人她的手
拂过缺席者的脸。
疯女人拎着她"鸟皮做的箱子"
逃离自己一把刀插在记忆里。
曾经被镜子吞食的女人
走进一口灰烬棺材
平息那群遗忘的母兽。

致恩里克·莫利纳

---

① 卡罗琳·德·龚德罗得（Caroline de Gunderode）是德国浪漫主义文学同期女诗人，作品主要表现对爱情和自由的追求，二十六岁自杀。

86

*

我唱。
不是呼祈。
只是那些回来的名字。

辑四

工作与夜晚

(1965 年)

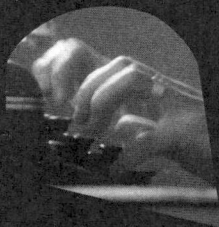

U_{no} →

诗 歌

你选择伤口的位置
我们在里面说我们的沉默。
你把我的生命做成
这场过于纯粹的典礼。

启 示

夜里在你旁边
词语是密码，是钥匙。
死的欲望是国王。

愿你的身体永远是
用以启示的亲爱的空间。

在你的生日

收到这张我的脸，沉默的、乞讨的脸。
收到这份我向你索取的爱。
收到我里面所有的你。

毁

……于吻，而非理智

克维多

藏起我躲过词语的战役
熄灭我本质身体的躁动。

情 人

一朵花
　　离夜晚不远
　　我沉默的身体
　　朝着露水精巧的迫切
打开

启明人

当你望着我
我的眼睛是钥匙，
墙有秘密，
我的恐惧有词语，有诗。
只有你把我的记忆做成
一个沉迷的旅人，
一团不竭的火焰。

致 谢

丁香在心室拍打我的风之悲剧
你让它们安静。
你曾经把我的生命编成一个儿童故事
故事里的海难与死亡
都是令人敬慕的典礼的借口。

在 场

你的声音
万物都走不出
我的视线
它们剥光我
把我做成一条行在石河上的船
如果不是你的声音
在我灼烧的沉默里独自下雨
你解开我的眼睛
请你
一直
对我说话

相 遇

有人走进沉默抛下了我。
此刻孤独并不孤单。
你说话如同夜晚。
你宣告到来如同渴。

持 续

从这里她在黑夜出发
她的身体必须住进这个房间
里面有啜泣，有不来的人
危险的脚步，而她的在场
拴紧这张发生啜泣的床
因为一张脸在呼唤，
嵌在黑暗里，
珍奇的石头。

你的声音

埋伏在我的写作里
你在我的诗里唱。
你甜蜜声音的人质
石化在我的记忆。
鸟扣紧爪子逃亡。
空气里纹着一个缺席的人。
时钟和我一起跳动
为了永不醒来。

遗 忘

在夜的另一岸
爱是可能的

——带上我——

带上我和那些甜蜜的物质一起
每天在你的记忆里死去

104

错失的步子

从前它是一道光
诞生于我的语言
距离爱几步之遥。

夜打开。夜在场。

被所渴望之物环绕的地方

当它真的到来我的眼睛会闪动
我为之哭泣的那个人的光
只是此刻它呼出逃离的动静
在万物中心。

命名你

不是关于你的缺席的那首诗，
只是一幅画，墙上一道裂缝，
风里的什么，一种苦涩味道。

告 别

一团被遗弃的火杀死它的光。
一只恋爱中的鸟挑高它的歌。
我的沉默里多少贪求的生灵
而这场小雨陪伴我。

工作与夜晚

为了在渴求中认出我的徽章
为了意指唯一的梦
为了永不再用爱维持自己

我是完全的祭品
身体之夜
森林里母狼
一次纯粹的徘徊

为了说出那个天真的词语

缺席的意义

如果我敢

看和说话

是因为那个人的影子

如此轻柔地

与我的名字相结

偏远地

在雨里

在我的记忆里

那个人的脸

在我的诗里燃烧

美丽地弥散

一种香气

像消失的那张亲爱的脸

●————————●——————●● ●● D_{os} 二

绿天堂

我曾经怪诞
那时远光的女邻居
珍藏纯粹的词语
去创造新的沉默

童 年

草原在马的记忆里
生长的时刻。
风以丁香之名
宣读天真的讲演，
有人睁着眼睛
走进死亡
像爱丽丝在已见之物的国度。

从 前

致埃娃·杜雷尔

音乐森林

鸟在我的眼睛里
画小笼子

•———————•———————•   • ••   T_{res}   三

灰烬指环

致克里斯蒂娜·坎波①

我的声音在唱
为了不让他们唱，
那些灰灰地在破晓被封住嘴的，
那些穿成鸟在雨中荒芜的。

等待中，有
丁香气味的声响破裂。
白天到来的时候，有
太阳分裂成黑色的小太阳。
入夜以后，总有，
一整个部落的残缺词语
在我的喉管里寻求收容，
为了不让他们唱，
那些阴晦的人，那些掌管沉默的主人。

---

① 克里斯蒂娜·坎波（Cristina Campo）是意大利作家、诗人和翻译家。她是多恩、曼斯菲尔德、伍尔夫的意大利文译者。她与皮扎尼克相识于巴黎并建立了深厚的友谊。

黎 明

赤裸地梦见一个白夜。
我长眠动物的白天。
风雨抹去我
像抹去一团火，抹去一首
写在墙上的诗。

钟

小小贵妇
栖居在一只鸟的心脏
破晓时出来发一个音节

不

一个用于逃离的地方

空格。大等待。
没有人来。这影子。

给它所有：
阴沉的意义，
毫不惊奇。

空格。燃烧的沉默。
影子彼此给出什么？

无用的边界

一个地方
我不是说一个空间
我在谈论
　　　　什么
谈论它所不是的
谈论我所认识的

不是时间
只是所有瞬间
不是爱
不
　　是
不

一个缺席的地方
一根悲哀相结的线

存在之物的心

最悲伤的午夜，
　别把我交给
不洁的白色正午

伟大的词语

致安东尼奥·波奇亚①

还不是现在
现在是永不

还不是现在
现在和永远
是永不

---

① 安东尼奥·波奇亚（Antonio Porchia）是意大利裔的阿根廷
诗人，他唯一一部诗集《声音》对皮扎尼克早期的创作产
生过重要影响。

休止符

死亡总在旁边。
我听它说。
我只听见我。

我请求安静

尽管很晚了，入夜了，
而你不能。

唱吧，像不会发生什么。

什么都没发生。

坠 落

永远不再希望
名字、音符的
一次往复。
有人做了噩梦，
有人误食了
忘却的距离。

庆 典

我把我的孤伶展在
桌上，像一张地图。
我绘制路线
去往我迎风的住处。
到达的人遇不见我。
我等的人不存在。

我喝下暴怒的烈酒
为了把那些面孔变成
一个天使，变成空杯子。

睁着的眼睛

有人呜咽着度量
黎明的宽广。
有人刺穿枕头
寻找她不可能的
安眠之地。

单人房间

假如你敢撞破
这堵老墙的真相；
它的裂缝，扯破的洞口，
组成面孔，斯芬克斯，
手，漏刻，
一个解你渴的存在
很可能会来，
这个饮尽你的缺席
也许会离开。

老墙的真相

它是冷的是绿的而且也会动
会呼喊喘息哇哇叫是光环是冰
线条震动颤抖
        线条
它是绿的我正在死
是墙纯粹是墙它哑它望它死亡

古代史

午夜
来了儿童瞭望员
来了已有名字的影子
来了宽恕者
原谅我千张面孔犯下的罪
在每个昼夜最底层的裂口。

呼 祈

坚持在你怀里，
加倍你的暴怒，
在我与镜子中间
创造伤害的空间，
我和我以为的我共同
创作一首麻风之歌。

失 忆

虽然声音（对它的遗忘
翻搅着我遇难者全是我）
在石化的花园主持祭礼

我用全部的生命记起
为什么忘记。

一次遗弃

一次中断的遗弃。
大地上没有人是可见的。
只有血之音乐
确保住在
一个如此开阔的地方。

形　态

我不知道是鸟还是笼子
谋杀的手
或者大蜡烛中间死去的少女
或者喘息的女骑手在黑暗
或寂静的巨型喉管里
也可能像泉眼一样流于口头
也许是行吟诗人
或者住在最高的塔里的公主

通 讯

风吃掉我
一部分脸和手。
人们叫我"褴褛天使"。
我在等。

记 忆

致豪尔赫·盖坦·杜兰

静默之竖琴
恐惧在里面栖居。
万物的月相呻吟
意指缺席。

封闭颜色的空间。
有人敲打组装
一口棺材给时间，
另一口棺材给光。

将来日子之影

致伊冯娜·波德洛阿①

明天
他们将在破晓时为我穿上灰烬，
在我嘴中塞满鲜花。
我将学习入睡
在一堵墙的记忆里，
在一头做梦小兽的
呼吸里。

---

① 伊冯娜·波德洛阿（Ivonne Bordelois）与皮扎尼克相识于巴
黎，她将皮扎尼克的友谊视为"我生命中最特别的一段"。
她整理出版了皮扎尼克的书信集。

从另一边

年与分钟做爱。
雨中绿色面具。
淫秽彩窗教堂。
墙上蓝色印迹。

我不认识。
我认不出。
黑暗。静默。

黄 昏

阴影覆盖视线里的花瓣
风带走树叶最后的动作
海远远的，加倍沉默
夏天怜悯它的光线

这里一个欲望
那里一段记忆

住 所

致特奥多雷·弗兰克尔

在一个死人抽搐的手里，
在一个疯子的记忆里，
在一个孩子的悲伤里，
在那只找杯子的手里，
在那只碰不到的杯子里，
在永恒的渴里。

乞讨声音

而我还敢爱
一个死去的小时里光的声音，
一堵荒弃的墙里时间的颜色。

在我的目光里我已失去所有。
索取太远。明知没有，太近。

辑五

取出疯石①
（1968 年）

① 诗集题出自博斯（Bosch）的同
名画作。原画主题是中世纪时人
们认为疯子额前有"疯石"，取
出就能治疗疯病。

致我的母亲

Uno 一

(1966年)

女夜歌人

乔，把旧年夜晚做成歌……

死于她的蓝衣的女人在唱。向她醉意的太阳充满死亡地唱。她的歌里有一件蓝衣，有一匹白马，有一颗绿心纹着她死去的心跳动的回声。她暴露在所有堕落面前唱，身旁是她自己一个迷路的小女孩：她的好运护身符。尽管唇间绿雾眼底灰冷，她的声音腐蚀口渴与摸索杯子的手之间敞开的距离。她唱。

致奥尔加·奥罗斯科

眩晕或凝视什么的终结

这朵丁香自己剥掉花瓣。
从她本身落下
掩藏她旧日的影子。
我要诸如此类地死去。

聋提灯

缺席的人们鼓起风，夜很浓。夜是死人眼睑的颜色。
我整晚造夜。我整晚地写。一个词一个词我写夜晚。

特 权

一

他叫过的我的名字已经遗失，
他的脸围绕我转动
像夜里水流的声音，
当水落在水里。
最终幸存的是他的微笑，
不是我的记忆。

二

属于离人的夜里
最美的那个，
噢被渴望的，
无尽的是你的不回归，
影子是你直到所有白天的白天。

凝 视

惊恐的形态都死去再没有一个外面和一个里面。
没人聆听那个地方因为那个地方不存在。

以聆听为目的他们正在聆听那个地方。夜在你的
面具里闪电。用乌鸦的叫声穿透你。用黑色的鸟群锤
击你。敌对的颜色汇集于那部悲剧。

心之夜

秋天在一堵墙的蓝里：请做那些死去的小女孩的
庇护。

每个晚上，一声尖叫持续的时间里，来一个新的
影子。自主的神秘女人独自起舞。我分享她狩猎季第
一夜年幼动物的恐惧。

冬天故事

松树间风的光，我懂这些白炽悲伤的记号吗？

自缢者在标记了丁香色十字的树上来回摇荡。

直到他终于从我的梦中溜出，与午夜的风勾结，穿过窗户，荡进我的房间。

在另一个清晨

　　我看见沉默而绝望的轮廓生长直到我的眼睛。我听见灰色的、稠密的声音在从前是心脏的地方。

去 基

有人想打开某扇门。抓紧她恶兆之骨的监牢双手生疼。
她整晚挣脱她的新影子。在清晨里面下雨用悲哭锤击。
童年从我地下墓穴的夜晚央求。
音乐散发天真的颜色。
天明时的灰色鸟群之于关上的窗，我的诗之于我所有的病。

音符与静默

抽搐的手逐我流亡。
帮帮我不去求助。
我在入夜时被爱,将被送死。
帮帮我不去求助。

为掌管静默之断章

一

　　语言的力量是悲痛、独自的女人，我从远方听见她们透过我的声音唱。而远方，那片黑色沙地上，长眠一个小女孩密布祖先的音乐。哪里有真正的死亡？我想用我对光的缺乏照亮自己。病兆死于记忆。长眠的她戴着母狼的面具寄居我体内。她受不了了求来火焰我们一起燃烧。

二

　　当语言的房子的瓦顶掀飞，词语不再庇护，我说话。

　　红衣女人在面具里迷路，虽然她们终将回来在花间啜泣。

　　死亡并非无声。我听见服丧人的歌声当他们缝上沉默的裂缝。我听见你最甜蜜的恸哭在我灰色的静默里开花。

三

　　死亡已向沉默复原它沉迷的声望。而我还没说出
我的诗，我得说出来。即使这首诗（此地，此时）没
有意义，没有终点。

魅

　　那些女人穿上红衣为我的痛苦用我的痛苦在我
呼气之间消耗自己，她们被抓住像我后颈最内侧的幼
蝎，红衣的母亲们吸走我用几乎从不跳动的心脏给予
我的唯一热度，我永远要独自学习喝水吃饭呼吸该怎
样做没人教过我哭泣将来也不会有人哪怕是那些高大
的女人沾着我呼吸中微红唾液的衬布和漂浮在血中的
面纱，我的血，只有我的，我曾勉力得来而今她们来
喝我的血此前她们已经杀了国王他漂在河上动了动眼
睛微笑但是他已经死了当一个人死了，尽管微笑还是
死的，那些高大的、悲痛的红衣女人已经杀死去往下
游的人而我留在这里作为被永久占有的人质。

• Dos 二

(1963 年)

梦里沉默是金制的

冬天的狗噬咬我的微笑。那是在一座桥上。我赤裸身体戴一顶插花的帽子拖着我同样赤裸戴一顶枯叶帽的尸体。

我有过许多爱——我说——最美的是我对镜子的爱。

年轻女孩头像（奥迪隆·雷东）

雨水从音乐
年月从静默
路过一个夜晚
我的身体再也
不能记起自己。

致安德烈·皮埃尔·德·曼迪亚戈斯

救　赎

　　永远是河另一边的丁香园。如果灵魂问起离得远
吗会回答说：在河的另一边，不是此岸而是彼岸。

致奥克塔维奥·帕斯[1]

---

[1]　奥克塔维奥·帕斯（Octavio Paz）是墨西哥作家、诺贝尔文
　　学奖得主。他与皮扎尼克相识于巴黎，曾为她的诗集《狄
　　安娜之树》作序。

写于埃斯科里亚尔

我呼唤你
如同旧时朋友呼唤朋友
用黎明胆怯的
细小歌声

太阳，诗歌

船在诞生之地的水上。

黑色的水，遗忘的动物。丁香色的水，唯一不眠的女人。

公园里那些声音的神秘布满阳光。噢如此古老。

在

你从这房间看守
里面悚人的影子是你的。

这里没有静默
只有你避免听见的句子。

墙上的记号
讲述美丽的远方。

（让她别死
直到重新见你。）

音乐的许诺

　　一堵白墙背后彩虹弧拱的变体。玩偶在她的笼子里造着秋天。这是献祭的初醒。一片新造的花园，音乐背后一声恸哭。就让它一直响下去，这样没人会参加那场出生的运动，模仿献祭，那个她是我，与这个同样是我的沉默女人相结。我只剩下有人请求进入而我予以准许的快乐。是音乐，是死亡，是我想在如同森林色彩的种种夜里说出口的。

迫 近

　　而灰色码头红色房子而还不是孤独而眼睛看见一块黑色正方形中心是一个丁香色音乐的圆而乐园只存在于花园之外而孤独是不能说出孤独而灰色码头红色房子。

延续性

　　别用事物的名字命名它们。事物有锯齿状的边界，淫逸的植物。而在房间里说话的人长满眼睛。谁用一张纸嘴噬咬。到来的名字，戴面具的影子。治愈我于虚空——我说。（光线在我的黑暗里相爱。我知道从未有过一个时刻我遇见自己说出：是我。）治愈我——我说。

夏天的告别

　　荆棘生长的柔软声响。被风摧毁之物的声音。它们抵临我仿佛我是存在之物的心。我愿是死的，也走进一颗别人的心。

像水在一块石头上

一个人回来寻找曾经的寻找
夜晚向他闭合像水在一块石头上
像空气在一只鸟身上
像两个身体在相爱的时候彼此闭合

在一个古老的秋天

那个名字叫什么?

一种像棺材的颜色,一种你将无法穿过的透明。

怎么可能不知道这么多?

致玛丽－吉恩·诺罗特

●━━━━━●━━━●   ● ●●   Tʀᴇs   三

(1962年)

镜之路

一

尤其是要无辜地望着。仿佛什么都没发生，这是确实的。

二

但是对于你我想望着你直到你的面孔远离我的恐惧像一只鸟在夜的锋利边缘。

三

像一堵很老的墙上用蔷薇色粉笔画的小女孩突然被雨抹去。

四

像一朵花打开吐露它没有的心。

五

所有来自我身体和声音的表情都为把我做成献祭，被风遗弃在门口的树枝。

六

用你将成为的那个女人的面具遮住对你的脸的记忆去惊吓那个曾经是你的小女孩。

七

那两人的夜晚消散在雾里。是冷食的季节。

八

还有渴，我的记忆是关于渴的，我在下面，在底部，在井里，我喝，我记得。

九

像一只受伤的动物倒在将要成为启示的地方。

十

　　像不想要东西的人。任何东西。缝上的嘴。缝上的眼睑。我忘了自己。风进来。全都闭合而风在里面。

十一

　　对着静默的黑太阳词语镀得金黄。

十二

　　可静默是确实的。为此我写作。我独自一人，写作。不，我并非独自一人。这里有人在颤抖。

十三

　　即使我说"太阳""月亮"和"星星"我指的是那些接替我的东西。那我渴望什么？
　　我渴望完美的静默。
　　所以我说话。

十四

　　夜晚的形态是一声狼嗥。

十五

迷失于预感图景的快乐。我曾经从我的尸体上起身，去寻找如今的自己。从自己开始游历，我已走向那个睡在临风国度的女人。

十六

我无尽地坠向我无尽的坠落那里没人等我当我张望谁在等我我只看见我自己。

十七

有什么坠入静默。我最后的词语是"我"但我指的是光亮的黎明。

十八

黄花布满一圈蓝色的土地。水流颤抖鼓满风。

十九

白天的目眩，清早的黄鸟。一只手解开黑暗，一只手拽住自缢女人不停穿过镜子的头发。回到身体的记忆，我要回到我服丧的骨骼，我要理解我的声音说了什么。

Cuatro 四

(1964 年)

取出疯石①

灵魂，被诅咒，受难，没人有解药；灵魂受伤，破碎，没人能治疗。

鲁斯布鲁克②

恶光线已邻近，没有什么是确定的。如果我想着所有读过的关于灵魂的……我闭上眼睛，看见发光的身体在迷雾里绕圈，在毗邻的混沌中。别害怕，没有什么会突然降临于你，已不再有毁墓之人。静默，永久的静默，梦里的金币。

我像在我里面说话的那样说话。不是我像人类声音的那个固执声音而是另一个证明我一直住在丛林的声音。

但凡你能看见那个没有你即沉睡在花园在废墟在

---

① 皮扎尼克在书信中特地提出："请注意段落之间的双倍空行，它是对这首诗主动的干涉。"

② 鲁斯布鲁克（Ruysbroeck）是 14 世纪的神秘学家。

记忆的女人。我在那里，醉于千种死亡，我对自己谈论自己只为确知我是否真的躺在草叶之下。我不知道那些名字。你要告诉谁你不知道？你渴望你是别的女人。你所是的别的女人渴望自己是别的女人。绿色的杨树林里发生了什么？它不是绿的也没有一棵杨树。现在你扮演奴仆为了藏匿你的冠冕，谁予你冠冕？谁为你涂抹膏油？谁为你祝圣？最古旧的记忆里不可见的村落。自愿迷失，你宣告为了灰烬放弃你的王国。让你疼痛的人令你记起古老的祭典。然而，你阴晦地哭泣唤起你的疯狂直到想把疯狂取出仿佛那是一块石头，取出它，你独有的特权。你在一堵白墙上涂画关于安歇的寓言，总有一个疯王后长眠月下老花园的悲伤草叶。但是别谈论花园，别谈论月亮，别谈论玫瑰，别谈论大海。谈谈你知道的。谈谈在你骨髓里震动在你眼神里造出光影的，谈谈你的骨头不停歇的疼痛，谈谈眩晕，谈谈你的呼吸，你的悲伤，你的背叛。我必须经历的过程那么黑暗，那么安静。噢谈谈静默吧。

突然被不祥的预感占据，预感令人窒息的黑风，我在记忆里寻找某段快乐做我的盾牌，或者抵御的武器，甚至攻击的武器。像传道人：我在我所有的记忆里寻找，什么都没有，黑色指尖的光晕下什么都没有。我的志业（梦中也从事它）是驱邪与祓魔。不幸从几点开始？我不想知道。我只想要一段静默给我自己和曾经是我的她们，一段静默像在森林里迷路的孩子遇见的小棚屋。可是如果没有什么和什么押韵，我知道什么？我要成为什么？

你从高处落下。那是绝望的无尽，与身体的夜晚相同又相反：在夜里，一股泉水尚未停息另一股已然涌出接续水流的终点。

没有水流的原谅我无法存活。没有天空最后的大理石我无法死去。

你里面已入夜。很快你将参与你所是的动物兴起的发疯。夜晚的心，说说话吧。

死于曾经的自己死于她爱过的人，曾经又从未转身，像同时风暴骤起又蔚蓝一片的天空。

我本想要比这更多同时别无所求。

只在独自摇摆中来来去去自语。一滴一滴失去对日子的意识。概念的圈套。元音的陷阱。理智向我展现那个人们在雨中立起了一座教堂的场景的出口：母狼在门口产下后裔然后逃走。被一口恶意的叹息窥伺的大蜡烛发出最悲伤的光。小母狼哭泣。所有睡着的人都没听见。所有瘟疫降给平静沉睡的人。

这来自古老悲叹的贪婪声音。你真实地存在，你乔装成小女刺客，你害怕面对镜子。我逃离土地而土地在我上方闭合。卑鄙的出神。你知道他们羞辱你直到向你展示太阳。你知道你永远不懂捍卫自己，你知道你只渴望呈给他们战利品，我想说的是你的尸体，他们食之饮之。

安慰的住所，给天真的祝圣礼，身体无从形容的喜悦。

假如一幅画突然活过来，假如你凝望的那个佛罗伦萨小男孩热切地伸出一只手请你永久留在他身边，享受做一个被凝望与渴慕的物品那悚人的幸福。不（我说），要成为两个必须不同。我虽在画框之外，却用同样的方式献祭自己。

细碎片，无头玩偶，我呼唤自己，我整晚呼唤自己。我的梦中有一架马戏团的敞篷马车装满死去的海盗躺在各自的棺材。前一瞬间，挂着最华美的装饰，独眼贴着黑补丁，船长们还如海浪一般在双桅帆船间跳跃，美如恒星。

于是我曾梦见船长和愉悦多彩的棺材而现在我恐惧所有我存留的东西，不是一口海盗棺材，不是深埋的宝藏，而是多少运动中的东西，多少蓝色镀金的小人做着动作跳着舞（但是说话不它们不说话），然后是黑色的空间——任你坠落，任你坠落——，至高天真的门口或者也许仅仅是抵临疯狂的门口。我懂得自己恐惧这些蓝色镀金的小人的反叛。分割的灵魂，分享的灵魂，我已游荡徘徊许久只为与那个被画出同时也被凝视的小男孩结盟，尽管，分析色彩与形态之后，我恍然发现自己正与一个少年做爱，他活在画中男孩褪尽衣衫从我紧闭的眼睑里占有我的同一个瞬间。

她微笑而我是一只蔷薇色微型提线木偶打着一把天蓝色雨伞我从她的微笑进入在她的舌头上安下小家我住在她包合的手掌她的手指一抹金粉一点血再见噢再见。

像一个距离夜晚不远的声音燃起最准确的火焰。

动物无皮无骨在成灰的森林里前行。只要有一只小鸟的歌声把你逼近最尖锐的灼热。大海与发带，大海与蛇。请你，看看那只狗小巧的颅骨怎样悬挂在刷成蓝色的晴空怎样与围绕它颤抖的枯叶一同摇晃。从一场大火中逃出的我的人称的裂缝与孔洞。写作是从烧焦的骚乱里寻找与腿骨对应的臂骨。可悲的混杂。我修复自己，我重建自己，我在死亡的围绕下这样前行。没有恩惠，没有光环，没有休战。那个声音，那首挽歌哀悼第一个原因：一声尖叫，一口叹息，诸神共同的一次呼吸。我讲述我的前夜。而你能做什么？你离开你的兽穴却不理解。你重回兽穴而理解与否已不重要。你重又离开仍不理解。无处呼吸而你谈论诸神的叹息。

别对我谈论太阳因为我会死去。带走我像带走一个盲眼的幼公主，像她缓慢小心地在花园里造出秋天。

你将来到我身边，你的声音几乎不染那个让我记起一扇敞开的门的口音，包括一只有美丽名字的鸟投下的影子，包括那影子所留在记忆里的，包括吹走一个死去年轻女孩的灰烬后所永久留存的，包括草涂了一幅有一栋房子、一棵树、太阳和一只动物的画之后纸上延续的线条。

如果她没来是因为她不来。就像造秋天。对她的到来你什么都不指望。你所有曾经守望过的。你影子的生命，你想要什么？迷狂庆典的流逝，没有界限的语言，在你自己的水域沉船，噢守财的女人。

每个小时，每一天，我愿不必说话。别人都是蜡像尤其是我，我比他们更是别人。这首诗里我只想试图解开我的喉咙。

快，你最隐秘的声音。它转换，它传递。太多要做我却解体。你被驱逐。我受难，然后我不知道。梦里国王死于对我的爱。这里，小女乞丐，你被免疫。（你还是小女孩的面容；数年以后你仍不会讨人喜欢哪怕是狗。）

我的身体开向对我的存在
与自我迷惑混淆的认知
我的身体震颤呼吸
依据一首现已遗忘的歌
我还不是音乐的逃犯
我知道时间的地方
和地方的时间
我在爱里打开自己
压上情人那些古老姿势的韵脚
她是禁忌花园
幻象的继承人

做梦的她，被梦见的她。奇迹般的风景给最忠实的童年。缺少它——并不多——，辱骂的声音自有道理。

被缢死的梦有漆黑的光芒。疼痛的水流。

梦太迟，白马太迟，我跟着旋律走太迟。那旋律拨动我的心而我哭泣我失去了唯一的完好，有人在梦里看见我哭，我解释着（尽可能），用简单的词语（尽可能），好的、确实的词语（尽可能）。我支配我的人称，拔走它美丽的迷狂，为了平息有人对我死于她家的恐惧将它化为乌有。

而我呢？我拯救过多少人？

我曾倒在他人的苦难面前。我曾被缄口以他人之名。

我本质的红色暴烈退却。性如心之花，出神的通道在两腿之间。我的来自红色大风与黑色大风的暴烈。真正的庆典发生在身体和梦里。

心脏的门，被棍击的狗，我看见一座庙宇，我颤抖，发生了什么？没有经过。我预感一种完全的写作。动物在我怀中搏动发出鲜活器官的声响、热度、心脏、呼吸，一切同时乐声轰鸣又沉寂。把自己翻译成词语意味着什么？还有那些长期的完善计划；每天冥思自己灵魂可能的提升，我的语法错误的消失。我的梦是一个别无他选的梦，我想死在陈滥的文字脚下，那里确保了死是做梦。光线、被禁止的红酒、眩晕，你为谁写作？一座被遗忘的庙宇的废墟。但凡祭典是可能的。

服丧的、撕裂的幻象，看见一个花园有破碎的雕像。接近黎明你的骨疼痛。你撕裂自己。我提醒你，我提醒过你。你散架。我对你说，我对你说过。你赤裸身体，你放弃自己。你分离自己。我对你预言过。突然解体：没有任何出生。你与自己相处，你承受自己。只有你知道这碎裂的韵律。现在你的遗体，一块一块拾起，巨大的厌倦，在放下它们的地方。倘若能拥有她在身边，我甘愿售卖灵魂换取不被看见。我的迷醉，对音乐，对诗歌，为何不说还有缺席的孔洞。在一首褴褛的赞美诗里夺走我脸上的恸哭。为何不说点什么？为了什么这样盛大的静默？

死亡之梦或诗歌身体之地

> 他说，今夜，从日暮西方，雪松木床上黑色殓布裹住我。
>
> 为我斟一杯调进苦楚的蓝葡萄酒。
>
> 《伊戈尔远征歌》[①]

整晚我听死亡的呼唤，整晚我在河边听死亡的歌声，整晚我听死亡的声音呼唤我。

多少汇集的梦，多少着魔，多少沉浸在附身我的小女孩，她死于废墟与丁香的花园。死亡在河边呼唤我。悲痛地撕裂心脏我听最纯粹喜悦的女人唱歌。

确实我已从爱的地方醒来因为听见她的歌的时候我说：这是爱的地方。确实我已从爱的地方醒来因为我服丧地微笑着听见她的歌，我对自己说：这是爱的地方（但是颤抖但是闪着磷火）。

旧玩偶机械的舞蹈和继承不幸的女人和飞速旋转的水，请你，别怕说出口：水飞速转着即逝的圆圈，同时岸边停止的胳膊停止的姿势停在对拥抱的一声呼

[①] 《伊戈尔远征歌》是用古斯拉夫语写成的史诗，俄罗斯古代文学伟大作品，中世纪英雄史诗的代表作之一。

唤，停在最纯粹的怀恋，停在河上，停在迷雾中，停在渗过雾气的最脆弱的太阳里。

更多从里面：无名物体出生又粉碎的地方，静默重如金制栏杆，时间是削尖的风穿过裂缝，是它唯一的声明。我说的是造出诗歌身体的地方：像一整篮幼女的尸体。死亡端坐那里，穿着非常古旧的礼服裙，在幽冥的河边弹拨竖琴，红衣的死亡，美丽的、阴晦的、幽灵般的女人，整晚拨动竖琴催我入梦。

河底有什么？风景中央有一幅画，画里一位美丽的贵妇弹着诗琴在河边唱歌，这风景背后造起又拆散了什么风景？后面，几步之外，我看见由灰烬簇起的场景，我在里面代表我的出生。出生，这个幽冥的动作，引起我的宽悯。情绪腐蚀我身体真实的边缘，于是很快我变成闪着磷火的身影：一只反光的丁香色眼睛的虹；一个半银白色纸做的闪着光的女孩在一只蓝色的葡萄酒杯里半窒息。没有光也没有向导我走在变形的路上。一个地下的世界，里面是形态尚未完成的生灵，一个用来孕育的地方，一个培育胳膊、躯干和脸的苗圃，玩偶的手悬挂着像叶子在凛冽锋利的树上拍动，被风吹得轰响，无头的躯干穿着如此欢快的色彩围着一口棺材跳起儿童圆圈舞，棺材里装满疯子的头颅它们狼一般嗥叫，而我的头，突然，像是想要在此刻离开我的子宫仿佛那些诗歌的身体用力挣扎着闯入现实，诞生现实，我的喉管里有个人，某个曾经在孤独中孕育着的人，而我，尚未完成的我，灼烧着就要出生，我打开自己，我被打开，那个人将要来临，我将要来临。那个诗歌的身体，那个继承人，没被幽冥早晨的太阳渗透的那一个，一声尖叫，一声呼唤，一团火焰，一声呼召。是的。我想看见河底，我想看它是否裂开，是否在这一边喷涌开花，来或不来我感觉得到它在奋力挣扎，又或者也许那只是死亡。

死亡是一个词语。

词语是一样东西，死亡是一样东西，是诗歌的身体在我出生的地方呼吸。

你永远无法以这种方式围绕它。说吧，但要在灰烬铺成的场景上方；说吧，但要从河底死亡唱着歌的地方。而死亡是她，梦对我说，王后的歌对我说。死亡的头发是乌鸦的颜色，一身红衣，阴晦的手中挥舞一把诗琴和鸟的骨头用来敲击我的坟墓，她唱着歌远去，从背后看像乞讨的老妇，孩子们冲她扔石头。

我在几乎渗不进阳光的、雾气迷蒙的早上唱歌，初生的早上，我手举一根火把走遍世上所有的沙漠，即使死了依然寻找着你，我失去的爱，死亡的歌声在一个孤独早晨的甬道里铺陈，我唱歌，唱歌。

她也在靠近港口的老酒馆唱歌。一个少年小丑，我告诉他在我的诗里死亡是我的爱人，我的爱人是死亡，而他说：你的诗说出正好的真相。我十六岁，没有别的办法，只有寻找绝对的爱。在那个港口的酒馆里她唱了那首歌。

我闭着眼睛写作，我睁着眼睛写作：愿墙倒塌，愿墙变回河流。

蓝色的死亡，绿色的死亡，红色的死亡，丁香色的死亡，在诞生的视线里。

我所有死亡的中世纪夜晚那个哭丧女磷火银蓝的礼服裙。

死亡在河边唱歌。

她是在那个港口的酒馆里唱了那首死亡之歌。

我要走开去死了，她对我说，我要走开去死了。

"在破晓时来吧，好朋友，在破晓时来吧。"

我们已经相识，我们已经消失，"我最爱的朋友。"

我，出席了我的诞生。我，出席了我的死亡。

我走遍世上所有的沙漠，即使死了依然寻找着你，你，曾经是爱的地方的你。

共用于回忆一次逃离的夜晚①

　　坟墓里的敲击。词语的边缘线上坟墓里的敲击。谁活着，我说。我说谁活着。这样内在的外在的干涉要持续到什么时候，或是内在里最不内在的东西，慢慢织着，像我不可言说的贫瘠上的粗麻罩。不是梦，不是守夜，不是罪，不是出生：只是敲击像用一把沉重的餐刀敲在我朋友的坟墓上。我右边肋骨的荒诞，一株柳树向右俯身在河上的荒诞，我的右边胳膊，我的右边肩膀，我的右耳，我的右腿，我右边的拥有，我的放弃拥有。让我改道偏向我左边的少女——我左手掌的蓝色斑点，神秘的蓝色斑点——，我童贞静默的区域，我休息的地方，用来一直等候的地方。不，还是太陌生了，我还不认识这些新的声音，它们正开始一首哀怨的歌，与我燃烧的歌不同，我的是迷失在一座已成废墟的寂静城市里的小女孩的歌。

　　我已死去我已爱你多少个百年？

　　我听见我的声音，死人的合唱。困在岩石中间；嵌在一块岩石的裂缝里。说话的人不是我：是风让我

---

① 皮扎尼克在书信中回忆："这是我写的第一首散文诗，由此开始了一系列关于对死亡的预感的诗。"

挥动、让我以为这些用动作组成的命运赞美诗是来自我的词语。

我就是从那时开始死去的，当有人敲击水泥，而我记起自己。

死亡的号角响起。跟在后面的玩偶队列每个玩偶一颗镜面的心，映出我蓝绿色的眼睛。你摹仿继承而来的古老姿势。旧时的贵妇在染上麻风病的围墙里唱歌，谛听死亡的号角，望着想象中的玩偶队列前行——她们，被想象出来的那些——都有镜面的心，映出我被风冲击的金色纸鸟的眼睛，想象中的小纸鸟以为自己在唱歌，其实只是低声哼鸣，像河面上俯身的柳树。纸做的小人，我用天蓝色、绿色、红色的纸剪出她，留在地上，最大限度地缺乏立体和维度。你被压刻在道路当中，漂泊的小人，你在道路当中，没人分辨出你，毕竟你与地面无异，哪怕你有时喊叫，可是一条路上有太多东西喊叫，他们为什么要看见这个绿蓝红色斑块的意义呢？

假如用力刻下我的图像，以鲜血和火焰，没有声响，没有颜色，连白色都没有。假如我骨头上的碑文里那些夜行动物的面孔更加深刻。假如我定居在回忆之地，像一个生灵承受一座山峰突起，在遗忘造成的最微小的运动中坠落——我说的是那无可救药的，我乞求那无可救药的——背叛的雪的沉默中松绑的身体、塌散的骨骼。投射向归途，用丁香色的殓布覆盖我吧。然后为我唱一首歌吧，它要有史无前例的温柔，不谈论生命或者死亡，而是最微小的动作，像最不易察觉的那个默许的手势，那首歌要比歌更小，那首歌要像一幅画，画着太阳下面一间小房子，只是少了几道阳光；那个绿蓝红纸的小人要能住在里面；她要能立起身，也许还能在她这个画在一页白纸上的小房子里迈步。

辑六

音乐地狱

（1971 年）

Uno　　　一、预感的音符

"手中的冷"蓝调

那你要说的是什么
我只是要说点什么
那你要做的是什么
我要藏进语言里
那是为什么
我恐惧

基 石

我只能用我的许多而不是一个声音说话。

她的眼睛是庙宇的入口，给我的入口，游荡的我，我爱，我死。我本可以唱歌直到和夜晚成为一个，直到拆解我赤裸地在时间的入口。

我穿过一首歌像穿过一条隧道。

令人不安的存在，
那些音符做着动作，一种生动的语言提到它们，它们就鲜活地出现，
记号暗示无法溶解的恐怖。

地基震动，基石动摇，排水钻孔，
我已知道那个是我的别人定居何处，她等着我沉默好占有我，对地基对基石排水钻孔，
那个来自我与我相对的人，谋划，占据我荒芜的领地，
不，
我必须做点什么，

不，

　　我应该什么都不做，

　　我里面有什么没被抛进灰烬的瀑布，那瀑布和是我的她一起在我里面夷平我，和是她的我一起，和是我的我一起，与她说不出地不同。

　　在静默本身里面（不是原本的静默）吞食夜晚，夜晚无尽浸没在踩空步子的密印里。

　　我不能说话为了不说出任何。因此我们，我和诗，在徒劳地尝试记录种种灼烧的关系时输了。

　　这样的写作把她引向何方？向着黑暗的，干涸的，碎片化的。

　　我古老的玩偶一样的手抽空那些玩偶，幻灭于发现全是粗麻絮的一刻（全是粗麻絮你的记忆）：父亲，必须是忒瑞西阿斯，漂在河上。而你，为什么你听着雪中杨树林的故事任凭自己谋杀？

　　我要让我玩偶一样的手指穿透按键。我不要轻蹭键盘像一只蜘蛛。我要陷进去，钉进去，固定住，石化住。我要进入键盘为了进入音乐内部为了拥有一个祖国。但是音乐移动，加速。只有一句谚语再犯的时候，我渴望建造一个类似火车站的地方，我是说：一个切实的确定的出发点；一个用来出发的地方，从那

个地方，往那个地方，连接融汇那个地方。可是那句
谚语太短了，所以我没能建起一座车站我只有一列火
车一个从铁轨上出发的东西扭曲变形。于是我抛弃了
音乐和音乐的背叛因为音乐在更高或更低，但不在中
心，不在交融不在相遇的地方。（你曾是我唯一的祖
国，要在哪里找你？也许在我正在写的这首诗里。）

在马戏团的一晚黑骏马背上骑师们手握火把暴烈
地狂奔绕圈的瞬间我重拾一种丢失的语言。哪怕在我
幸福的梦中也不会出现天使的和声能为我的心供应像
蹄甲敲击沙地那样炽热的声音。

"（有人对我说：写吧；因为这些词语是忠实的真
实的。）"

"（将要开始唱歌的是一个男人或一块石头或一棵
树……）"

一阵轻轻的快速震动（我这么说是为了教给那个
在我里面迷路的女人它的韵律与颤动，比一匹在外国
沙场上被火把刺激的马更不合音）。

我抱臂在地上，念着一个名字。我以为我死了，
以为死亡就是不停念一个名字。

我想说的，或许，不是这个。这样的说话和自语

并不愉快。我只能用我的许多而不是一个声音说话。这首诗也可能是一个圈套，又一个舞台。

当酒神巴克斯改变他的节奏在暴烈的水中摇摆，我屹然立起像那个女骑师，只用她的蓝眼睛就能驯服那匹马用后蹄站起（用的是她的蓝眼睛吗？）。面前碧绿的水，我必须饮你直到夜晚敞开。没人能拯救我，连我自己都看不见我，我用你的声音叫我。我在哪里？我在一个花园里。

有一个花园。

原始的眼睛

恐惧不讲故事和诗歌的地方，形不成恐怖和荣耀的音符。

灰色的空洞是我的名字，我的代词。

我认识恐惧的全部音域，它慢慢开始唱歌，在通往我所是的陌生人，我所是的移民的狭道里。

我对抗着恐惧写作，对抗在我的呼吸里留宿的长着利爪的风。

到了早晨，你害怕发现你死了（害怕再没有更多画面）：压缩的沉默，仅是活着的沉默，许多年沉默地过去，那个曾经欢快美丽的动物沉默地离开。

音乐地狱

用许多个太阳击打

这里没有什么和什么交配

关于埋着我记忆的锋利骨头的墓地里多少死去的动物

关于急于在我两腿之间翻弄的多少乌鸦一般的修女

"碎片的数量撕裂我"[①]

不纯的对白

词语一次绝望的自我投影

放走她自己

正溺死于她自己

[①]　此句为皮扎尼克对勒内·夏尔的一句法语诗的西译，她曾
将这行诗的法语原文摘抄在她命名为"词汇宫"的本子上。

词语的欲望

夜晚，又是夜晚，黑暗之物精湛的学问，死亡炽热的擦蹭，我一瞬间的出神，我是所有被禁止花园的继承人。

花园背阴的一边脚步和人声。墙体里侧的笑声。别去相信它们是活的。别去相信它们不是活的。任何时刻墙上的裂缝以及小女孩突然的四散，我也曾是她们。

彩纸做的小女孩飘落。色彩说话吗？纸做的图像说话吗？只有金色的那些说话，这里一个也没有。

我从互相逼近、聚在一起的墙体中间走过。一整夜直到破晓，我反复唱："他没来是因为他不来。"我问。问谁？说是问，想知道问谁。你已不再和任何人说话。不识死亡的女人正在死去。另一个是那些垂死之人的语言。

我滥用让那些被禁止之物变形的天赋（我感觉到它们在墙体里呼吸）。对我的日子、我的路不可能的

叙述。而墙体的赤裸完全独自注视。没有长出也不会
奇迹般地长出任何花。面包和水的一生。

欢乐的顶点我发出宣言关于一段绝没听过的音
乐。然后什么？我多想只活在出神里，用我的身体做
成诗歌。用我的日子和我的星期救回每个句子，把我
的呼吸融进诗歌，让每个词语的每个字母成为生之典
礼的献祭。

欲望的词语

这黑暗中魅影的纹理，这骨中的旋律，这种种沉默中的呼气，这走到下面的更下面，这黑暗的，黑暗的长廊，这没有沉没的沉没。

我在说什么？周遭黑暗我想进去。我不知道还要说什么。（我不想说话，我想进去。）骨中的疼痛，铲碎的语言，一点一点复原非现实的图表。

我什么都不拥有（这一点是确定的；总算有什么是确定的）。然后是旋律。哀叹的旋律，丁香色的光，没有收信人的急件。我看见旋律，一道橘色的光在场。没有你的目光我不会懂得活着，这也是确定的。我挑动你，我复活你。而她对我说让我出去走进风里，去外面一家一家问着她在吗。

我赤裸地走过手里一根大蜡烛，冰冷城堡，人间乐园。孤独不是在清晨停驻码头贪婪地望着水面。孤独是不能告诉她因为不能环抱她因为不能给她面孔因为不能让她成为一片风景的同义词。孤独会是我的句子破碎的旋律。

名字与音符

阴沉童年的美，玩偶、雕像和沉默的物品中间不可原谅的悲伤，我和我淫逸兽穴之间的双重独白钟爱它们，埋在我第一人称单数里的海盗宝藏。

除了音乐别的都不期待，就让那以过于美丽的背叛形式震动的痛苦抵达所有底部的底部。

我们已经试过让我们原谅我们没做的事，幻想出的指控，鬼影般的罪责。我们已经由海雾、由无人、由影子抵罪。

我想要的是称颂那个占有我影子的女人：那个从空无里提炼名字与音符的女人。

Dos　　二、可能的结合

写于一本《马尔多罗之歌》

在我的裙摆下面一片原野燃烧开着愉悦的花像午夜时分的孩子。

当我写下"土地"这个词语，光在我的骨头里吐气。散发香气的动物追随词语或某个存在；像词语本身一样悲伤，像自杀一样美丽；飞越我如同一个众多太阳的朝代。

记 号

一切都与静默做爱。

我被允诺了一个像一团火的静默，一个房子的静默。

突然神殿是一个马戏团，光是一面鼓。

丁香色赋格

我本应该不为什么，不为谁地写作。

身体记起一次爱如点灯。

如果沉默是诱惑和许诺。

从另一边

音乐落进音乐像一只沙钟。

我在长着狼牙的夜里悲伤。

音乐落进音乐像我的声音落进我所有的声音。

致死的套索

　　一个想法发出词语当作溺水者的木板。在我们的怀抱里做爱意味一道黑色的光：黑暗突然开始发光。是重新找到的光，双倍熄灭却比千个太阳更鲜活。童年陵墓的颜色，驻留的欲望丧葬的颜色在荒蛮的房间里敞开。身体的韵律掩藏乌鸦的飞行。身体的韵律在光的内里挖出一块明亮的空间。

Tres　　　三、缺席的音符

治疗的词语

　　等待一个世界被语言挖掘出来，有人在静默成形的地方唱歌。随后将得证海的存在不是因为它展现出愤怒，世界的存在也不是。因此每个词语说它所说以及更多别的东西。

那些属于隐藏之物的

为了让词语不足需要心里的某种死亡。

语言的光遮蔽我如同一支音乐，画面被悲痛的狗群啃噬，冬天沿着我攀缘向上仿佛那个爱上墙的女人。

当我期待放弃期待，你的坠落在我里面发生。我已不过是一个里面。

水之暗沉

　　我听落进我梦中的水回响。词语如水落下我落下。我在我的眼睛里画我眼睛的形状，在我的水里游泳，对我说我的沉默。整晚我等待我的语言得以形成我。我想着向我吹来的风，停留于我。我在陌生的雨中走了整晚。他们给了我一个全是形态与幻象的沉默（你说）。你荒凉地奔跑像风中唯一的鸟。

给一个物品的动作

沉睡的时间里，一段时间像一只手套罩在一个弹簧床垫上。

在我里面争抢的三个，我们都已停留在一个移动的定点上既非"是"也非"在"。

旧时我的眼睛在蒙羞辱、遭遗弃的事物里寻找庇护，但是通过和我眼睛的友情我看见了，我看见了而我没有合格。

面具与诗

一次次童年巡礼朝向的堂皇纸宫殿。

日落时一个女杂技演员被放进笼子带去一间塌陷中的
神殿留在那里独自一人。

悲 歌

一

沉默的语言引燃大火。沉默蔓延，沉默是火。

需要谈论水或者哪怕简单叫出水的名字，才能吸引词语"水"来扑灭沉默之火焰。

因为她不曾唱歌，她的影子现在唱歌。她曾经用眼睛迷惑我童年的地方，沉默滚向红色如同一轮太阳。

在词语的心脏里触碰到她；而我无法记叙她的眼睛创造出的缺席的蓝色空间。

二

用一块灰雨浸湿的海绵擦去画在她脑海里的丁香枝条。

她的存在的记号是寄出的那些信息服丧的字迹。她用她新的语言试验在她心脏的天平上探究死亡的重量。

三

而她的存在的记号造出夜的心脏。

女囚徒：有一天罪过都将被遗忘，活人和死人成为姻亲。

女囚徒：你不懂得预见到她的结局将是儿童故事里所有恶人都去的洞穴。

女囚徒：让她唱所有她能唱的和想唱的。直到那个毫不躲藏的粗粝女人在应得的夜晚逼近。过量的夜晚和静默过量的折磨。

四

窒息的种种变形剥去裹尸布，诗歌。依照前面的模型给恐怖命名，为了不出错。

五

而我独自和我的许多声音一起，而你，你在另一边太远以致我把你混同成我。

完全失去

　　魅惑源自一首不写给任何人的诗全新的中心。我用声音背后的声音说话，发出唱悲歌的女人神奇的音。一道蓝色的目光环耀我的诗。生命，我的生命，你把我的生命做成了什么？

Cuatro　　四、丁香丛里的疯人①

① 题目出自皮扎尼克 1969 年夏天写
的独幕剧本《丁香丛里的疯人》，
剧本中的一些段落也出现在这首散
文诗的前两部分中。

丁香丛里的疯人

一

　　——远处的花开了。我想让你从窗口望出去告诉我你看见的，未完成的手势，幻觉中的物品，失败的形态……仿佛你自童年时就已准备好，靠近那扇窗。

　　—— 一间咖啡店堆满空椅子，明亮得令人恼怒，夜晚呈现缺席的形态，天空像一块损毁的材料，窗前滴着水，有人走过去，我从没见过也再不会见到……

　　——我对目光的天赋做了什么？

　　—— 一盏过于强烈的灯，一扇敞开的门，有人在阴影里抽烟，一棵树的树干和繁密枝叶，一条匍匐的狗，一对爱侣在雨中慢慢散步，一本日记躺在水沟里，一个小男孩吹着口哨……

　　——我继续。

　　——（用报复的语调）。一个表演平衡术的侏儒女孩把一袋骨头背上肩膀闭着眼睛沿金属线向前走。

——不!

——她光着身子但是戴了帽子全身都是毛发灰色的所以加上红色的头发像一间疯人剧院的舞台布景里的烟囱。一个掉了牙的男矮人嚼着扁豆籽追逼她……

——够了,求求你。

——(用疲倦的语调)。一个女人尖叫,一个小男孩哭泣。窸窸窣窣的侧脸从它们的洞穴里向外窥探。过去一个路人。门关上了。

二

但凡看见一条死狗我即死于孤伶想着那些它所得到的爱抚。狗和死亡一样:都热爱骨头。狗吃骨头,至于死亡,无疑它自娱自乐的方式就是把骨头切雕成圆珠笔、小勺、裁纸刀、叉子、烟灰缸的样子。是的,死亡切雕骨头正如静默是金制的词语是银制的。是的,生命的糟糕之处在于它不是我们以为的那样却也不是完全相反。

残骸。剩给我们动物和人的骨头。那地方,一个少年曾经和一个女孩做爱,有灰烬血迹小块指甲碎片阴毛一支折断的蜡烛用于暗黑的目的泥浆里的精斑公鸡头一幢画在沙地上的坍塌的房子几张曾经是情信的带香气的纸片一个明眼女人碎掉的玻璃眼珠球凋谢的丁香切断的头颅在枕头上像白色阿福花堆里无力的灵魂裂开的木板旧鞋子泥潭里的衣裙几只病猫嵌进一只手里的眼睛这只手滑向静默更多戴指环的手黑色泡沫溅在镜子上什么都照不出一个小女孩在睡梦中掐死她最喜欢的鸽子黑色的金矿回声隆隆像服丧的吉卜赛人在死海岸边拉小提琴一颗心为了欺骗跳动一朵玫瑰为了背叛盛开一个小男孩哭着面对一只凄厉嘶鸣的乌鸦，激发灵感的女人戴上面具在雨中弹拨无人听懂的旋律，大雨抚慰我的病。没人听见我们，所以我们发出请求，但是看啊！那个最年轻的吉卜赛男人正在用他手锯状的眼睛割下那个养鸽子的小女孩的头。

三

声音，杂音，影子，窒息者的歌声：我不知道它们是信号还是一种折磨。有人在花园里吞食时间的脚步。秋天的生灵遗弃给静默。

我注定要用本质的名字为万物命名。我已不存在，我知道；我不知道的是取代我活着的是什么。我说话就失去理智，沉默就失去年月。暴烈的风夷平所有。没能替所有忘记歌声的那些说话。

四

有一天，也许，我们会在真实的现实里找到避难之所。其间，我能说我多么反对吗？

我对你说起致命的孤独。终点有一场霍乱因为那头灰狼在沙地和石头之间逼近。然后呢？因为它会砸破所有的大门，因为它会把死人抓到外面让它们吞食活人，为了让活人消失只剩下死人。我不害怕灰狼。我命名它以证明它的存在因为证明的动作有一种无法形容的快感。

词语本该能拯救我，可是我太有生命了。不，我不想歌唱死亡。我的死亡……灰狼……从远方来的女屠宰人……这座城市里一个活着的灵魂都没有吗？因为你们都死了。那么什么等待能变成希望既然所有人都死了？那么我们等待的将在什么时候到来？我们将在什么时候放弃逃离？这一切将在什么时候发生？何时？何地？怎样？多少？为什么？为了谁？

辑七

最后的诗
（1970–1972 年）

关于一首鲁文·达里奥的诗

纪念 L.C.[①]

致玛格丽特·杜拉斯[②]和
弗朗西斯科·谭托里·蒙塔托

她坐在一片湖底。
她丢失的是影子，
不是想要存在、想要失去的欲望。
她独自和她的图像一起。
穿着红色，她不望。

谁到了这里？
这从没人到的地方。
红色的死亡的主人。
用没有面孔的脸蒙面的人。

---

① 此处缩写指的是英国作家刘易斯·卡罗尔（Lewis Carroll），
卡罗尔的爱丽丝系列（《爱丽丝漫游仙境》和《爱丽丝镜中
奇遇》）对皮扎尼克影响深远，她一直自比爱丽丝，只想找
到并看看花园。
② 皮扎尼克曾经翻译出版杜拉斯的小说《平静的生活》。

应她寻找到来的人带来她没有他。

穿着黑色，她望着。
不懂死于爱情的人因此什么也没学到。
她悲伤因为不在。

在别的世界别的夜晚

噢拜托
　　午夜来了
这寒冷
夜晚
　　是我希望不要来的

有人在她第一次坠落里坠落

致拉蒙·西劳

一个一个词语
那时我必须从
最终的另一边
学习形象。

*

这个夜晚我见过
但是不。

没有人是
最深的欲望的颜色。

*

我已受尽恐惧，我已变灰，
我已迟暮，
我的语言不知道。

*

我哭，望着海然后哭。
我唱了点什么，很少。

有一片海，有那道光。
有重影。有一张脸。

那张脸有失乐园的踪迹。

我找过的。

只是我找过了，
只是我已临终。

短 歌

致巴勃罗·阿兹克纳和维克多·李奇尼

一

无人识我我说着夜晚
无人识我我说着我的身体
无人识我我说着雨
无人识我我说着那些死人

二

只有词语
童年的词语
死亡的词语
身体之夜的词语

三

一首诗的
中心
是别的诗
那个中心的中心

是缺席

在缺席的中心
我的影子在那首诗的
中心的中心

四

一只鸟骨做的娃娃
驾着我自己的词语做成的
有香气的狗群回到我身边

五
致吉恩

秋日
那些幻象的
痛苦

六

墙上的裂缝
黑魔法
剥掉皮的句子
不祥的诗

七

你用一首歌遮住那个裂口。
你在暗中生长像一个窒息的女人。
噢用更多的歌遮住裂缝吧，那个
　　　　　　裂口，撕裂的伤口。

八

在死人们的正午
没有太阳的地方的公主
吃刺蓟
吃蓟

九

那么，我的在破晓睡去的歌
是这个吗？

十

爱我的人剥离我的双重身，
打开
夜晚，我的身体，
看见你的那些梦，

我的太阳或者爱

十一

噢你的眼睛
闪光的眼睛

十二
致阿兰·德·咸蒙

我脑海里的乌鸦
在他亲爱的身体上面

是夜晚无边的冷
那黑色的

我们的主人的激情
那些欲望

十三

一个固定的念头
一起童年传说
一道裂口

太阳

像一只巨大的深色动物

除了我没有别人
没有什么可说

十四

我们所是的这个空间是什么
一个固定的念头
一起童年传说

直到新的秩序
我们才会歌唱爱情
直到新的命令

十五

灰色风中的小女孩
等待着绿色的风

十六

将通过镜子说话
通过黑暗说话
通过影子
通过无人

十七

致狄安娜

请你们指导我们关于生命
温和地
那些微小的存在乞求着
它们的胳膊伸开
出于来自另一边的爱

十八

自复的词语单独称呼自己
我溺死在不流动的诗里
我体内的一切都叫作它们的影子
每个影子都有自己的重身

十九

悲伤的音乐家
定调一种新的空气
为了做出一点新的什么
为了看见一点新的什么

在这个世界这个夜晚

*致玛莎·伊莎贝尔·莫伊阿*①

在这个世界这个夜晚

死亡的童年的梦中的词语

那从来不是我想说的

原生的舌头割断

舌头是一个认知器官认知

所有的诗的失败

被自己的舌头割断

舌头是再创造的器官

用于再认知

但它不是用于复活的器官

复活什么当作否认

我的马尔多罗的远方和它的狗

能说的东西里

没有任何许诺

能说的等于撒谎

（一切可以说的都是谎言）

剩下的是沉默

---

① 玛莎·伊莎贝尔·莫伊阿（Martha Isabel Moia）是皮扎尼克
生前的最后一位恋人，是摄影师和文学翻译。

只是沉默不存在

不
词语
做不出爱
做的只有缺席
我说"水"我喝吗？
我说"面包"我吃吗？

在这个世界这个夜晚
这个夜晚静得出奇
灵魂的问题是它看不见
头脑的问题是它看不见
精神的问题是它看不见
这些密谋的不可见从哪里来？
没有一个词语是可见的

阴影
黏着的空间藏着
疯石
黑暗的长廊
我全都走过
噢你再在我们中间停留一会儿吧！

我的人称受了伤
我的第一人称单数

我写作像一个在黑暗里举起刀的人
我写作像说着
绝对的真诚依旧是
不可能的
噢你再在我们中间停留一会儿吧！

词语的毁损
它们已迁出语言的宫殿
两腿之间的认知
你把性的天赋怎么了？
噢我的死人们
我吃了他们我难以下咽
我受不了这样的受不了了

被遮盖的词语
全都滑向
黑色的熔化

马尔多罗的狗
在这个世界这个夜晚
这里一切都是可能的
除了
诗

我说

知道要说的不是它

总也不是

今天帮帮我写出那首最可扔弃的诗

　　　那首无用的诗甚至不为

　　　无用

帮帮我写出词语

在这个世界这个夜晚

精神病房[①]

在欧洲的那几年以后
我想说的是巴黎、圣特罗佩斯、卡普
圣皮埃尔、普罗旺斯、佛罗伦萨、锡耶纳、
罗马、卡普里、伊斯西亚、圣塞巴斯蒂安、
海边桑迪亚纳、马尔维亚、
塞戈维亚、阿维拉、圣地亚哥、

  还有很多
  那么多
  更不用说纽约和西村，有被掐住脖子的女孩们的脸
  "我想被一个黑人掐死"，她说
  "你想要的是他强暴你"，我说（哦西格蒙德！有了你，我在欧洲最好的海滩上常遇的婚姻市场上的男人们都完蛋了）
  而我太聪明以至于毫无用处，
  我做太多梦以至于不属于这个世界，
  我在这里，在 18 号病房所有无辜的灵魂中间，
  每天每天说服自己

---

① 1971 年皮扎尼克因自杀未遂在布宜诺斯艾利斯的皮洛瓦诺精神病院住院治疗五月之久，此篇写于住院期间。

这间病房、这些纯洁的灵魂、还有我，我们都有意义，我们都有终点，

一位女士说话了，她来自一个没出现在地图上的小村庄最黑暗的街区：

"医生说我有问题。我不知道。我这儿有个东西（碰碰乳房）比我妈妈更想要哭泣。"

尼采说："今夜我会拥有一个母亲，不然就放弃存在。"

斯特林堡："太阳，母亲，太阳。"

保罗·艾吕雅："趁还年轻必须黏着母亲。"

是的，女士，母亲是一个热爱荒淫蔬菜的食肉动物。分娩的时候张开双腿，对她注定要朝着光、土、火、空气摆出的姿势所代表的意义毫无知觉，

但是后来人却想重新进入这个被诅咒的贝壳，

在把我的头从我的子宫里取出试图独自出生一次之后

（却做不到，于是我去寻死，进入功能即是隐藏的隐藏着的隐藏者危密的洞穴）

我谈论贝壳，谈论死亡，

一切都是贝壳，我曾在不同国家舔舐过贝壳，只为我的精湛技艺感到骄傲——伸舌头的甘地、做口舌功夫的爱因斯坦、舔界的帝国、在仿佛邂逅犹太教士的头发一样的毛发之间开辟道路的莱克[①]——哦污秽

[①] 莱克（Theodor Reik）是弗洛伊德在维也纳教授的第一批学生，是美国精神分析学科的先驱。

之享受！

你们，18号病房里的小医生，你们如此温柔，甚至亲吻麻风病人，可是

你们会跟麻风病人结婚吗？

在深处暗处浸没一瞬，

是的，这个你们都会，

但是接着就传来那个陪伴着像你们这样的年轻人的小声音：

"你会把这一切当个笑话，对吗？"

对

是的，

在皮洛瓦诺这里

有很多灵魂**不知道**

为什么不幸会来拜访。

这些可怜的可怜人努力设想有逻辑的解释，他们想要这间病房——真正的猪圈——异常整洁，因为他们害怕污垢，害怕无序，害怕空洞日子里的孤独，这些日子里住满从童年不法而美妙的激情里移居而来的旧时鬼魂。

哦，我亲过太多鸡巴才突然发现自己身处一间病房，里面全是被收监的肉体，女人们在这里来来去去谈论着好转。

可是

有什么可治的？

从哪儿开始治？

的确，精神治疗完全从它的词语形式看，几乎与

自杀同等美丽。

有人说话。

有人把静默之空荡的舞台摆上家具。

哦，如果存在静默，这一个会变成讯息。

"为什么不说话？在想什么？"

我没在想，至少没有执行所谓的"想"的动作。我参与的是嘶鸣的低语不竭的流动。有时候——几乎一直——我是潮湿的。我是一只母狗，尽管有黑格尔。我想要一个家伙有这样的鸡巴然后上了我把他的鸡巴给了我直到终于巫医们到来（毫无疑问他们吮吸我的鸡巴）为了帮我驱魔并提供给我健康的冷淡。

潮湿

人类心脏的贝壳，

心脏是一个无法安慰的小婴孩，

"像一个乳儿我的灵魂已沉默"（诗篇[1]）

不知道我在 18 号病房除了用我尊贵的在场致敬灵魂以外还做了什么（但凡我能爱自己一点他们就能帮我废除我的灵魂）

噢我并不是想与死亡调情

我只想终结这极致的痛苦，在自我延长中它已变得荒唐可笑，

（太可笑了他们还把你打扮给这个世界—— 一个同情我的声音说道）

还有

---

[1]　此句改写自《圣经·诗篇》131：2。

愿你遇见你自己——他说。

而我对他说：

为了让我和"和我"的"我"重聚，和他一起变成同一个存在，我必须杀死那个"我"让"和"也确实地死去，这样，对立都消除，哀求的辩证终结于对立的交融。

一把没有刃

缺手柄的刀

定义自杀。

那么：

再见主语和宾语，

全都合一像别的时代，儿童故事的花园里布满小溪，流淌出生之前的清澈溪水，

那个花园是世界的中心，是约定的地点，是空间变回时间，时间变回地点，是融合与相遇最高峰的时刻，

在所谓善即是消费社会进化的那个世俗空间之外，

远离那些假装钟表、日历和其他讨厌的物件度量时间的肮脏装置，

远离那些买卖发生的城市（噢在那个给我曾经是的小女孩的花园里，苍白的疯女人来自被那些因为在影子的怀抱里流浪的人而有害的市郊：孩子，我亲爱的孩子，你没有过母亲，也没有父亲，显然）

所以我拖着自己的屁股直到 18 号病房，

在那里我假装相信我这远离、绝对隔离的病症不**与他们结盟**

"他们是所有人而我是我"

266

于是我假装，取得好转，假装相信那些善意（噢良善的情感！）的小伙子能够帮助我，

但是有时候——经常——我从那些小医生从不知晓的我内心的影子里反复对抗折磨他们（深度，越深，越无可言说）我折磨他们因为我想起了我可爱的老人家，皮琼·R医生，这间病房里的小医生（这么好，唉！）都永远不会像他那样婊子养的，

但是我的老人对我而言已经死了是这些人在说话，最坏的是，这些人有新的、健康的（该死的词语）身体，而我的老人在悲惨中痛苦着因为不曾知道做一个实际的屎人，因为曾经直面一个灵魂的毁灭这样恐怖的悲惨，因为曾经像一个海盗在暗中窥视——十分不祥毕竟潜意识的金币带着绞死的肉体，一个有限的空间里堆满碎镜子和倾撒的盐——

反复该死的老人，梅毒鬼魂传染性的怪胎类别，我多爱慕你的委婉曲折只与我的相似，

只需说我始终不相信你的天分（你不是天才，你是掠夺者是剽窃者）同时我又信任你，

噢我的财宝托付的是你，

我如此爱你以至于杀死所有这些未成年医生好让你喝他们的血让你再多活一分钟，一个世纪，

（你，我，我们不值得生命）

18号病房

当我想起实验疗法，我在一幢房子的废墟里挖出我的眼睛，吃掉它们想着我持续写作的那些年，

15、20个小时不停地写，词汇类比的魔鬼磨尖

我，试着变位我残忍的游荡的语料，

因为——噢，老而美丽的西格蒙德·弗洛伊德——精神分析科学把钥匙忘在了别处：

开是开了

可怎么关上伤口？

灵魂无休止无体谅地承受折磨，坏医生截不住伤口化脓。

人被一道撕裂所伤，也许，或者肯定，是我们被给予的生活造成了它。

"改变生活"（马克思）

"改变人"（兰波）

弗洛伊德：

"不服从美化了小 A"，（通信……）

弗洛伊德：悲剧诗人。过分钟爱古典诗歌。毫无疑问，许多答案我都从"自然的哲学家们"和"浪漫主义德国人"那里得出，尤其是，我最爱的李庭博图，物理和数学天才，在他的日记里写下诸如：

"他给他的两只拖鞋起了名字"

有什么落单了，不是吗？

（噢，李庭博图，小驼背，我本会爱上你！）

还有克尔凯郭尔

还有陀思妥耶夫斯基

尤其是卡夫卡

他身上也发生了我所发生的，只是他正派而忠贞——"我把性的天赋变成了什么？"——而我是一个绝无仅有的手淫的女人；

不过发生于他（卡夫卡）的也发生于我：

"分离了"

他在孤独中走得太远

他知道——他应该知道——

从那里走不回来了

他走远了——我走远——

不是出于轻蔑（当然我们的骄傲地狱般悚人）

而是因为我是异乡人

我来自别的地方，

他们这些人结婚，

繁衍，

避暑，

有时间表，

语言那黑暗的

模糊惊动不了他们

（说"晚安"和说"晚安"并不相同）

语言

——我受不了了，

我的灵魂啊，小小的非在之物，

下决心吧；

你要迷恋或者留下，

但是不要这样

带着恐惧和困惑碰我，

你要么离开，要么迷恋，

我，至于我，我受不了了。

给詹尼斯·乔普林[①]

（片段）

甜美地唱然后死。
不是：
吠叫。

这样如卢梭的吉卜赛女郎沉睡。
这样你唱，恐怖的更多主题。

要恸哭直到自我碎裂
创造或说出一首短小的歌，
用力嘶吼盖住缺席留下的洞眼
这是你做过的，我做它。
我问自己这是否不加重错误。

死亡你做得熟练。
因此我对你说话，
因此我向一个小女怪物吐露秘密。

---

① 詹尼斯·乔普林（Janis Joplin）是皮扎尼克钟爱的摇滚歌手，
二十七岁时过量注射海洛因离世。本诗写于 1972 年，皮扎
尼克生命中的最后一年。

只有那些夜晚

致吉安·阿里斯特埃塔^①,
致火焰之树

写着
我已祈求,我已祈求。

在这个夜晚,在这个世界,
与你拥抱,
溺水的快乐。

我已发愿在诗歌的祭典上
牺牲我的日子我的星期。

我已那样探进
我的写作
从所有底部的底部。

做爱与死都没有形容词。

---

① 吉安·阿里斯埃塔(Jean Aristeguieta),委内瑞拉诗人,编
辑。《火焰之树》杂志创始人。

*

我是谁?
只是孤女的一声呼喊?
我说得再多都找不到静默。
我，只认识孤儿的夜晚的我。
希望它不要停下，
希望的小房子。

*

那时我来只为看看花园。

现在我的手冷。

胸口冷。

别人形成思想的地方冷。

这不是我要找的花园

为了进去，为了进去，不是为了离开的花园。

拜托你，不要觉得我在悲戚。

要是能等待理解去验证的享受。

人们爱过我，至少他们这样说。

很多人爱过我因为我只像我自己

也为了其他难以估量的

比岩间圣母的微笑更美的东西。

而我，现在，相信爱已感觉自己结束，被写完后记。

怎么理解那些本质的激情

基础的动作？

不成安慰

小歌房的回忆[①]

　　蓝得像死亡瞬间她的手。她抽搐的手，最后的高潮。她虚妄的终点像一只将要下雨的鸟，用以迎接她的终点，死亡，情人（也许没有）

　　我已不会说话。同谁说？

　　我从未找到一个孪生的灵魂。没有人是一个梦。我被抛下，所有的梦大开，我正中的伤口大开，我的撕伤。我哀鸣；我有权利这样做。我也，蔑视那些不关切我的人。是我唯一的愿望

　　我不会说的。直到我，或许尤其是我，背叛自己。我已让我的灵魂噤声如婴孩。我不能说话了。我已挥霍那没给过我的，我曾经拥有的一切。然后是又一次的死亡。缠抱着我，是我唯一的远方。没有人像我的梦。我感受过爱，它被凌虐，是的，对我这个从未爱过的人。最深刻的爱永远消失了。除了一个影子我们还能爱什么？童年与自然，这些神圣的梦也都死了，是我爱过的

---

① 写于 1972 年 4 月。

*

我许多声音。
我那伟大一跃。

等夜晚变成我的记忆
我的记忆将成为夜晚

*^①

我是夜晚我们已经迷失。
懦夫们，我这样说。
夜已降临而她已想过所有

---

① 写于 1972 年 9 月。

绿桌子①

太阳像一头过分金黄的巨型动物。没人帮助我是一种幸运。需要帮助的时候，没有什么比接受帮助更危险。

*

我重又记起了童年的太阳，浸透死亡，和美丽生命。

*

但是没有太阳杀得死我的夜晚。

*

游荡，我们两个人的歌，我颤抖如同在一个隐喻里灵魂与蜡烛相比。

*

没有什么会是你的除了走向没有何方的地方。

---

① 写于 1972 年 9 月 17 日，去世前一周。

277

*

我在这里搅浑空间像一个伟大的疯子。

*

有人在花园里吞食时间的脚步。

*

音乐和黑水哺育我。我是你的小女孩焚毁于一个无法平息的梦。

*

夜的一张张面具在哪个只有我认识的失落的地方。

*

等影子浮现的时候我会有时间给自己做一张面具吗？

*

受邀走向底部，别无他处。

*

我在语言里自证在那里证实我每次死亡的重量。

*

大海藏起死人。因为下面的就应该留在下面。

*

为了最好成为曾经的自己，他起诉了他新的影子，他与不明之物抗争过。

*

影子在撞击
死人们
黑色的影子

什么都没有只有撞击

她哭了

什么都没有只有撞击

*

祈祷中的造物
冲迷雾发怒

写　　　　　　　　　　　　　　对着
在　　　　　　　　　　　　　　昏
黎　　　　　　　　　　　　　　暗
明

我别无他求
只想
一直走到底部

哦生命
哦语言
哦以西德罗①

① 1972年9月24日通往9月25日的深夜，皮扎尼克死于过
量服用巴比妥酸。尸体被发现时，这首诗留在她书房的黑
板上，是她最后的诗句。

不曾流动的日夜：
皮扎尼克的巴黎岁月

汪天艾

1960年，二十四岁的阿莱杭德娜·皮扎尼克从有南美"小巴黎"之称的布宜诺斯艾利斯来到巴黎，停留四年之久。对这位深受法国象征主义和超现实主义影响的诗人而言，旅居法国不仅是一场文学的朝圣（她的诗歌技艺也确实从此时开始日臻成熟），也是她的第一位心理医生奥斯特罗夫开出的"处方"：医生认为，换一片大陆，接触新的人和事，巴黎流动的盛宴多少能抚慰她骇浪起伏的精神状态。然而，有时候，对大多数人而言最基础最简单的事情，对另一些人，却需要耗尽气力，正如纪德在《人间食粮》中所写（据他自己陈述，这本书即使不算一个病人写的书，至少也是一个刚病愈的人、患过病的人）："你永远也无法了解，为了让自己对生活发生兴趣，我们付出了多大的努力。"巴黎的日日夜夜在皮扎尼克精神的城池里始终是死寂是静止，毁灭还是创造，依旧是那个永远的难题。

抵达巴黎后不久，为了摆脱对家人的经济依赖带来的问题，更是为了通过像正常的成年人一样工作来达成某种"精神矫正"，皮扎尼克在一家阿根廷刊物驻巴黎的办事处找了一份工作。然而，恐惧并没有离开，依旧黏在她的脸上，"像一张蜡制面具"。与她共事的报社同事都说她"太温和了，太安静了"，并没有意识到这是她无法正常交流的困境。她给远在阿根廷的奥斯特罗夫医生写信，自陈无法去想具体的事情，她不感兴趣，"我不知道怎么像正常人一样说话。我的话听起来很奇怪，像是来自远方"；打电话和波伏娃约采访的时候，"我如此努力地对抗我的迟缓，我的沉重，我坐在自己说出的每个词语上面好像那是一把椅子"；当她不必出门不必说话的时候，"从周二到周五，我都没有离开我的房子。雨下得很美，但我没有意愿也没有理由出门。我看了好几本书，写了几首诗，没跟任何人说话——除了礼貌地打招呼"，她感觉自己"几乎是快乐的"。秋天的巴黎，天空呈现灰白色，皮扎尼克告诉她的心理医生，这天空灰得像一场缺席，"我爱这样的天空：它是一场休战，是连接两个世界的桥"。

在两个世界之间上演的是一场自救与沉沦的拉锯战，一个备受折磨的灵魂，一种孩童式的天真的矛盾。从十八岁就开始接受精神分析治疗的她对自己的状态始终有着极为清醒的意识，然而一部分自己想要治愈，另一部分自己拒绝被治愈；身体的一部分迫切渴望无尽地下沉与抛弃，另一部分又努力顽抗想要一遍一遍尝试和解试验正常生活的可能……西尔维娅·普拉斯的女儿对母亲的描述用在皮扎尼克身上也如此契合："她不稳定地处在反复无常的情绪和悬崖边缘之间。全部的艺术就在于不要坠落。"为了不要坠落,她尝试过各种办法,比如留下一堆未洗的衣服来阻止自己自杀("死之后还留下未洗的衣物是不得体的事"),比如每一次从崩溃中复原都给自己准备奖品:一本书或者一幅喜欢的画的复制品……在给奥斯特罗夫医生的二十一封信里,皮扎尼克事无巨细地描写自己的所做所想、分析自己的精神状态:

> "我感到恐惧,如果这一次我沉入自己幻想出的那些世界再不能爬上来。"
>
> "有天晚上我剧烈地害怕自己会发疯,以至于我跪下来祈祷请求不要把我从这个我憎恶的世界中放逐,不要让我看不见我想看见的,不要把我带去我始终想去的地方。"
>
> "关于过去的记忆在这里苏醒,一浪一浪向我席卷过来,我与之争斗,搏杀,但是它们来得越来越多,直到我摔倒,然后寂静降临。"
>
> "今天因为我什么都没做,我觉得很焦虑,然后突然一切都来了:我写了(或者说它们自己写了)五首诗。"
>
> "我并不是自动地对挣钱养活自己有任何需求。只是我身体里积极地一部分想要这样做,那一部分想要摆脱现在这种童年状态。可是在我做的一切背后总有另一部分自

己阻止我完全投入。"

"内心深处，我还保存着对于神奇变化最原始的期待。希望一夜之间所有的镜子都破碎，曾经的我燃烧殆尽，等我醒来已经是我尸体的继承人。"

"我唯一的祈祷是不要让我丧失对某些精神价值的信仰（诗歌，绘画）。每当这些信仰短暂地离弃我，疯狂就来了，整个世界空空荡荡吱嘎作响，像一对机器人在交媾。"

是的，唯一的祈祷，因为唯一的慰藉来自阅读、绘画和写作。当她流连于巴黎的大小美术馆和画廊，康定斯基，夏加尔，克利……她凝望一幅画的时候才能失去对时间空间的意识，进入一种幸福的出神状态，也许她也如自己诗句里写的那样想象："假如一幅画突然活过来，假如你凝望的那个佛罗伦萨小男孩热切地伸出一只手请你永久留在他身边，享受做一个被凝望与渴慕的物品那悚人的幸福。"

皮扎尼克原本想打算给自己旅法期间所写诗集取名《幻象与静默》，最终确定的题目却是《工作与夜晚》。这两个书名看上去相去甚远，仿佛从诗意词藻变成日常语言，对诗人而言，描述的却是完全相同的体验。所有对"正常的成年人生活"的尝试，每天在报社面对打字机敲打五百个信封地址的七个小时，都是幻象，都是机械的动作和不真实的现实。她在信里说："我想留在这里几年，自己养活自己，像所有的成年人那样工作，写作，不去想着出版，只是写上几年，不着急，缓慢地，安静地。还有阅读，学习，总之，就是成熟地生活。"每天清晨来临，新一天的幻象拉开大幕："早上八点，公交车沿着塞纳河一路开下去，河上有雾，太阳照在圣母院的彩窗上。早上去办公室的路上，我看见如此美妙的景色，哪怕下雨，哪怕秋日的天空完全是灰色，比起晴空我更爱这样的天空，我爱这样的雨，这种外在的悲伤。我在圣日尔曼德普莱下了车，融进上班路上的无名人群，他们走得像牵线木偶，死人的面容，沉默的眼睛。"本想尝试做一个成年人的皮扎尼克最终成为一个面无表情的旁观者，这种成熟的工作生活却让她感觉讽刺和惊讶，她不理解为什么当人们明明知晓死亡是存在的，知道所有美好和恐怖的事物都是存在的，却可以这样工作，像是什么都没发生，像是每个人来到世上并不只是停留极为短暂的时间。而夜晚是属于她的静默世界，用来"说出那个天真的词语"，寂静像一只天鹅绒做成的手，她想把白天的幻象转变成美——"我需要把我的不可能、我的悲惨变成光彩照人的风景。不然我就无法继续活下去"，因为"在死之前，我还有一局没有玩。我要写美丽的诗，我要用声音填满我的静默"。

　　1964 年皮扎尼克回到布宜诺斯艾利斯，她把那座城市形容成"一口井"，一朵在她头顶打开的食人花，会在一秒之内将她吞没然后闭合。然而，在回去以后，她忍受着头顶上窥伺的无底深渊，把瞬息的致

287

命一秒延长到八年，出版了一生中最重要的三本诗集：《工作与夜晚》《取出疯石》和《音乐地狱》。最后一本诗集出版后第二年，三十六岁的皮扎尼克在周末的一天结束了所有的天真、冒险、幻象，她的地狱也随之终结。（在她去世前不久接受的采访中，提问人说到她的一句诗"我的职业是被魔"，诗人给出的解释是："我写作首先是为了不发生我害怕的事情；为了让伤害我的不至发生；为了远离'恶'。有人说诗人是伟大的治疗医师。这么说来，诗歌职业意指驱邪、被魔，还有，修复。写一首诗就是修复最本质的伤口——那道撕开的裂缝。因为我们都有伤口。"）

皮扎尼克曾经说，如果可以从巴黎带走一样东西，她想带走一个叫"玫瑰泉"的小村庄里一幢破败房子的正立面："那幢房子有丁香色的玻璃彩窗，一种魔幻般的丁香色，像最美的梦境，美得让我不禁自问，我最后会不会消失在这幢房子里。也许，等我走进去，会有一个声音迎接我——等你很久了。"那么，我愿意相信，在经历了多年的恐惧、挣扎和"无法正常生活"之后，1972 年那个秋日，天空是她喜欢的灰白色，亲爱的阿莱杭德娜走进了那幢房子，感觉自己完全被接纳，如同她在巴黎写的那首《童年》：

> 风以丁香之名
> 宣读天真的讲演，
> 有人睁着眼睛
> 走进死亡
> 像爱丽丝在已见之物的国度。

我只接受你活着，
我只想你是阿莱杭德娜

——皮扎尼克与科塔萨尔书信考

汪天艾

　　这是一场没有成功的挽救，当一个人决意去死。但是在记录和翻译这些跨越大洋的礼物和信件的过程中，我不可抑制地去想，能遇见一个这样的人，让一个从十八岁开始接受精神分析治疗、饱受折磨的灵魂能够在某刻抵挡住死亡的诱惑，愿意继续生之痛苦，只要知道这个人存在于世，就可以成为不从窗口跳下去的理由，多么幸运。

＊　＊　＊

　　1970年春天，科塔萨尔从巴黎托朋友给远在布宜诺斯艾利斯的皮扎尼克带去一盘磁带作为礼物。皮扎尼克在4月3日给西尔维娜·奥坎波的信中描述了她听这盘磁带的场景：

　　　　过去一周我都想着：我必须从窗口跳下去。

　　　　一个朋友交给我一盘磁带，上面写着

"给你，来自朋友胡里奥（科塔萨尔）"。今天我去了奥尔加的家，她有一台和胡里奥一样的录音机。哮喘并不放过我，不松开我，它不想让我像其他人那样呼吸。

磁带开始了。刚听到第二句话，我就戴上了墨镜。到了第三句话，我开始画画，假装唯一重要的只有从我笔下逃出的小人。磁带很简单：胡里奥像在电话里一样对我说话：现在是几点钟，我做了什么事，你的书《名字与音符》今天到了，我正望着它，我打开了它；第一首诗的题目是贝西·史密斯的一首布鲁斯歌曲，你是不是在我家听的？我来读一下。——然后他就朗声读起整本诗集，不时评论一下，而我哭得像1339只新出生的小狗——我不在乎奥尔加是不是注意到我一直在不停地画画，尽管什么都看不见，因为我的恸哭如同黏着在窗户上的雨。多么简单，又不同寻常，西尔维娜，我和胡里奥在一本孤独的、不写给任何人的小书的空间抑或伤口里相遇。因为他，我才能像统治所有呼吸者的王后那样呼吸。他，胡里奥，存在于这个世界，仅是这个简单的事实就是我不从窗口跳下去的理由。

几周后，皮扎尼克在自己三十四岁生日当天寄了一本洛特雷阿蒙的书给科塔萨尔，随书一道飞去巴黎的信中，皮扎尼克写道：

1970 年 4 月 29 日（我的生日）

给我非常被爱的人（我伟大的读者，我的在智慧中心如此智慧的兄长）。

这本洛特雷阿蒙的书，他是你的替身，只用你的生命冒险扮演——就像你，我知道的，我的最胡里奥的胡里奥，所以——尽管你是你而这就够了——我是你，我将对你忠实（"直到死亡"），此地或彼地，静默中或是诗句里，鲜活的动作或者随便什么。那盘有你声音的磁带（我几天前才听到因为没有录音机）——你的声音多么好听珍贵，当衰老已经抵临我们，我们本来应该开始衰败，尽管如此。连你的阿莱杭德娜都因此获得了口头的流利和一种节奏，这些都是新的。

好好呵护你读的那些诗，就像毕加索的小女孩柔弱地把一只鸽子按压在那幅你一定知道的画里。

一千次感谢！

奥尔加也听了磁带，她说：如果做一个碟片"胡里奥·科塔萨尔朗读阿莱杭德娜"应该会很美。你喜欢这个想法吗？这盘磁带让我很快乐。三十七个吻，来自你的最阿莱杭德娜的阿莱杭德娜。

信纸的边缘，不同于信中雀跃的语调，还有几行字：

> 寄这个如此渴望的包裹给你让我觉得恐惧，它是一个调停人，灵感的启发人。但是，我需要把它送给你。
>
> 1）我应该把这行字抹掉的，可是，一旦做了"抹去"的动作，我要把懒惰与恐惧——愚蠢却真实——放在哪呢？

*   *   *

1971年6月，皮扎尼克因为重度抑郁和自杀未遂又一次被送进精神病院，这是她入院最久的一次，一共住了五个月。这期间，她在与大部分朋友的通信中都虚构了一场车祸来解释住院以及无法工作。不过，那年夏天她从精神病房里给科塔萨尔写了一封信，这封信四仰八叉地躺在她1970年12月出版的折页散文诗的扉页上，一如她混乱的精神状态：

> 胡里奥，你只要知道最微小的笑话都是在生命已经处于死亡的高度时诞生的。你的最阿莱杭德娜的阿莱杭德娜。
>
> 另，我想，我做过头了。我已经弄丢了你的老阿莱杭德娜的老朋友，那个她害怕一切（现在，哦胡里奥）除了疯狂和死亡。（我已经在医院里住了两个月。行为极端，试

图自杀——不幸的是，这一样我也失败了。）

疯狂，死亡。娜嘉不写了。堂吉诃德也不写了。

胡里奥，我憎恨阿尔托（谎话）因为我不想如此可疑地把他不可能的所有可能性理解得这么好。

胡里奥，我去了那么下面。底下却还是没有底。

胡里奥，我想我已经无法再容忍这些母狗般的词语了。

写下这封信的时候，皮扎尼克已经在一个月内连续采用四种不同的方式试图结束生命，无尽的坠落始终无法触底，事实上她一生中最后一首诗写在书房的黑板上，其中一句正是"我别无他求／只想／一直走到底部"。科塔萨尔收到信后立刻在9月9日回信敦促皮扎尼克再给他写信：

巴黎，1971年9月9日

我亲爱的，你7月的信在9月寄到了我这里，我希望这中间相隔的这么久时间里你已经出院回家。我们都进了医院，虽然是不同的原因：我是没什么要紧，一个差点发生的交通事故。不过你，你，你真的知道你给我写的都是什么吗？好吧，你是知道的，但是我不接受你这样，我不想让你这样，我想让你活着，笨拙一点，你要知道我对你讲的是关于亲密而有信心的语言本身——所有这些，小姑娘，都在生命这边，不在死亡那边……我要你再给我写一封信，立刻，一封你的信。我知道这封也是你的，但是这不是全部的你，更何况，这不是最好的你，对于你，要从这扇门里走出去是虚假的，我能感觉到如同这是关于我自己。诗歌的力量是你的，你知道的，我们所有阅读你的人都知道；我们已经不是生活在诗歌的力量与生命咄咄对立的时代了，那时候，诗歌的力量是生命的刽子手。而今天，刽子手杀死的是别的东西，而不是诗人，最亲爱的，甚至连那个帝王般的特权都不剩下了。我要求你，不要谦逊，不要尊敬，而是和环绕我们的一切真的联结起来，可以是阳光或者塞萨尔·巴列霍或者日本电影：大地上的一次脉搏跳动，欢快也好，悲伤也好，只要不是自愿放弃的静默。我只接受你活着，我只想你是阿莱杭德娜。

给我写信，该死的，原谅我的语气，但是我多想把你的衬裙（玫瑰色还是绿色？）褪下来打你一棍子，那种每一下都说着我爱你的打法。

胡里奥

294

现存的书信集中没有发现皮扎尼克的回信，或者任何一封此后的信。1972 年 9 月 25 日，最阿莱杭德娜的阿莱杭德娜去了夜的另一边。对于这个二十岁时就在诗中问上帝"死亡远远的。它不看我。／为了什么？这么久的生命"的诗人，三十六年，也许已经太久了。

十年之后，科塔萨尔在 1982 年 3 月 30 日的信中在向友人否认了皮扎尼克是《跳房子》中玛伽原型的传闻，紧接着吐露了这个故事的余音：

> 阿莱杭德娜自杀后两个月，我收到一封她的很短的信，没有日期，随信还附了一张她躺在沙滩上裸晒太阳的照片。你可以想象这对我而言意味着什么；我至今不知道是谁寄了这封信，不知道是不是阿莱杭德娜本人提前安排的。

这封最后的短笺和照片下落不明。